# त्रिशूल

[उपन्यास]

# त्रिशूल

शिवमूर्ति

राजकमल प्रकाशन

ISBN : 978-81-7178-438-7

**मूल्य :** ₹395



**पहला संस्करण** : 1995
**तीसरा संस्करण** : 2023

**प्रकाशक :** राजकमल प्रकाशन प्रा. लि.
1-बी, नेताजी सुभाष मार्ग, दरियागंज
नई दिल्ली-110 002
**शाखाएँ :** अशोक राजपथ, साइंस कॉलेज के सामने, पटना-800 006
पहली मंजिल, दरबारी बिल्डिंग, महात्मा गांधी मार्ग, प्रयागराज-211 001
1, अनमोल सोराबजी संतुक लेन, धोबी तलाव, मरीन लाइंस, मुम्बई–400 002
वेबसाइट : www.rajkamalprakashan.com
ई-मेल : info@rajkamalprakashan.com

**मुद्रक :** बी.के. ऑफसेट
नवीन शाहदरा, दिल्ली-110 032

TRISHUL
*Novel* by Shivmurti

# त्रिशूल

आवाज़ वाले बुज़ुर्ग बैठे रहते। दूसरी स्त्री अमली बुआ थीं। हज्जाम पूरा मियाँ की पत्नी। अमली बुआ हमारे गाँव की बेटी थीं और हम सब उसे बुआ पुकारते। वह शादी के बाद पति के साथ अपने मायके में ही रह गई। पूरा समूचे गाँव के दामाद-से और अमली बेटी, बहन और बुआ। जीवन में दुख और पीड़ा के प्रवेश के रास्ते अनंत होते हैं। कहीं और दुख दिखता नहीं, और नदियों की धारा जैसे भीतर ही भीतर धरती को काटती-निगलती रहती है, ठीक वैसे ही जीवन को [illegible] जाता है। [illegible] कुछ ऐसे ही दुखों और [illegible] [illegible] होती [illegible] देह [illegible] [illegible] और [illegible] के [illegible] स्पर्श आज भी मेरे भीतर जीवित है। उसके जीवन की [illegible] रहती है। अमली बुआ नहीं रहीं। पूरा मियाँ भी चले गए। उनके बेटे हदीस और पोते [illegible] हैं। [illegible] पूरा मियाँ थे, तो दोनों बाप-बेटे [illegible] और [illegible] खतने—कफ़न के बीच [illegible] को [illegible] आजकल हदीस [illegible] सम्पन्न रहे हैं।

[illegible] पहला [illegible] पटना की नाट्य संस्था 'कला संगम' ने किया था। मैं अमली के मंचन की प्रक्रिया का साक्षी नहीं सहभागी [illegible] पूर्वाभ्यास के अन्तिम दौर में मेरी अपरिहार्य स्थिति [illegible] कि मुझे आरम्भिक [illegible] में अभिनय भी करना पड़ा। [illegible] आलेख का पहला प्रारूप अभी पूरी तरह तैयार भी नहीं था कि पूर्वाभ्यास आरम्भ हुआ। चार-पाँच दिन ही हुए थे कि निर्देशक सतीश आनंद फिल्मों में अपने लिए संभावनाएँ तलाशने बम्बई चले गए। उनका जाना पहले से तय था, पर हम सब अनभिज्ञ थे। एक फिल्म में [illegible] भूमिका करने [illegible] वे बहुत उत्साहित थे। इसी बीच [illegible] के अभिनेता साथियों के साथ मैं पूर्वाभ्यास में जुटा रहा और

कहाँ से शुरू करूँ महमूद की कहानी?

वहाँ से जब पुलिस उसे घर से घसीटकर ले जा रही थी...चौराहे पर लाठियों से पीट रही थी और मुहल्ले का कोई आदमी बचाने के लिए आगे नहीं आ रहा था।

या...जब इसी चौराहे पर वे लोग उसकी छाती पर त्रिशूल अड़ाकर मजबूर कर रहे थे, "बोल साले, जै सिरी राम..."

वहाँ से क्यों नहीं, जब बड़ी मस्जिद के परिसर में भीड़ उसे घेरे खड़ी थी और तय नहीं कर पा रही थी आगे क्या करना चाहिए?

...जाड़े के कुहरे से अंधी मध्य रात्रि। पेड़ की पत्तियों से टप-टप चूता पानी। थाने के अन्दर से रह-रहकर उठता उसका आर्तनाद और सुनसान सड़क पर ठंड से ठिठुरते असहाय खड़े गीले होते हम...

लेकिन क्या यह केवल महमूद की कहानी है?

तब सिलसिलेवार ही क्यों नहीं?

पूरब में सूरज निकल रहा है।

महमूद लॉन में डहेलिया के पौधे लगा रहा है।

मैं इन पौधों में पानी दे रहा हूँ।

...कि तभी फाटक खोलकर प्रवेश करते हैं शास्त्रीजी। उनके हाथ में आज का अखबार है।

"पाल साहब, कुछ सुना आपने? इस मुख्यमंत्री ने तो अयोध्या-परिक्रमा पर ही रोक लगा दिया। जरा देखिए तो साले का हरामीपन!"

वे दिखाते हैं—मुखपृष्ठ का समाचार।

महमूद दौड़कर दो कुर्सियाँ निकाल लाता है।

"लगे रोक। जब रोक नहीं थी तभी मैं कहाँ परिक्रमा करने दौड़ा जाता था। बैठिए।" मैं कहता हूँ।

वे असन्तुष्ट-से बैठते हैं।

"सवाल किसी एक के जाने न जाने का नहीं है मान्यवर। सवाल है हजारों साल की परम्परा को अकारण तोड़े जाने का। लाखों श्रद्धालुओं की आस्था पर चोट करने का। कितने ऐसे हैं जो बीसों साल से यह परिक्रमा करते आ रहे हैं और आजीवन करते रहने का व्रत लिया है। आप राज-मद में अन्धे होकर उनकी आस्था को ठोकर मारेंगे?"

देख रहा हूँ रामजन्मभूमि-बाबरी मस्जिद का मसला ज्यों-ज्यों गरमाता जा रहा है, शास्त्रीजी कुछ अशान्त से होते जा रहे हैं। मैं असावधानी में बोल गया। बात को सँभालने की कोशिश करता हूँ, "आप ठीक कहते हैं। किसी की धार्मिक भावना से खिलवाड़ करना अच्छी बात तो नहीं है।"

शास्त्रीजी अखबार में डूब गए हैं।

शास्त्रीजी मेरे निकटतम पड़ोसी हैं। बाईं ओर ठीक बगल का मकान है उनका। व्यवसायी हैं। विद्यालयों, क्लबों और अन्य कई संस्थाओं में पदाधिकारी हैं। सबके दुख-दर्द में शामिल होने को तत्पर रहते हैं।

पाँच महीने पहले स्थानान्तरित होकर इस शहर में आया तो कोई सरकारी आवास खाली नहीं मिला। इस मुहल्ले में आना पड़ा। कुछ असुविधाजनक लगा था तब। सरकारी कॉलोनी की अपनी अलग संस्कृति होती है। वहाँ सभी साल-दो साल पहले के आए होते हैं और साल-दो साल के अन्दर जाने का मन बनाए रहते हैं। प्रकृति और प्रवृत्ति से बनजारे। पड़ोसी से न ज्यादा लगाव हो पाता है न दुराव। जितना चाहें अपना विस्तार करें, जितना चाहें परिसीमन। जबकि पारम्परिक मोहल्लों की अपनी संस्कृति होती है। आचार-विचार का अपना स्थानीय रूढ़ तरीका। इस मोहल्ले में रहने के बाद पता लग रहा है कि वास्तव में पड़ोसी से मिलनेवाली आत्मीयता क्या होती है।

सामान से लदे दोनों ट्रक आकर मकान के सामने लगे तो पड़ोसी घरों से मिसराइन, लाल बहू, मास्टराइन वगैरह अपने-अपने बरामदे में निकल आईं। बच्चे ट्रकों के इर्द-गिर्द घूमते हुए लादे गए सामान का निरीक्षण करने लगे। उन्होंने ही सबसे पहले पूरे मुहल्ले को सूचित किया, "एक ट्रक पर तो सिर्फ गाय और उसका नन्हा बछड़ा ही है।"

ट्रक से उतरते ही माँ-बेटे नन्हे प्रशंसकों से घिर गए।

इतनी विशालकाय गाय। और साथ ही इतनी सीधी!

गाय देखकर ही फैसला सुना दिया पड़ोस की महिलाओं ने, "कोई भला आदमी आया है। खुद भी देखने में गाय-जैसा ही सीधा।"

उसी समय पहली बार आए थे शास्त्रीजी। अपने आठ साल के पोते के साथ। बच्चे के हाथ में रोटियों की थाली थी।

पहले शास्त्रीजी ने खुद एक-एक रोटी गाय और बछड़े को खिलाई। फिर पोते से खिलवाया। और बरामदे में मेरे पास आकर बैठते हुए परिचय दिया—"मुझे शास्त्री कहते हैं। आपका बायाँ पड़ोसी। गाय पालने के लिए कोटिशः धन्यवाद स्वीकारें।"

"अरे! इसमें ऐसा खास क्या...?" मैंने हाथ जोड़ दिए।

"क्यों नहीं साहब! गाय पालकर आप सच्चे हिन्दू का धर्म निबाह रहे हैं। गो-ब्राह्मण की सेवा! आपको देखकर ही लगता है कि आप आस्थावान व्यक्ति हैं। और जीवन का मूल है—आस्था।"

वे मुझे लेकर फिर गाय के पास तक चले आए। प्रशंसा-भाव से उसका निरीक्षण करते रहे। फिर पूछा, "दूध कितना देती है?"

"यही पन्द्रह-सोलह लीटर।"

"अरे वाह! तब तो पूरी 'कामधेनु' है। काली गाय का दूध। अमृत।"

"आइए बैठिए।" मैंने उनके उत्साह को देखते हुए कहा।

"अभी जाने दें। कई कार्य हैं। हाँ, पड़ोसी-धर्म निबाहने के लिए मैं आधी रात को भी तैयार रहता हूँ। जब जिस लायक समझें।"

"बताइए। इस मोहल्ले में न आया होता तो शास्त्रीजी जैसा 'हीरा' आदमी कहाँ मिलता?"

बाद में तो शास्त्रीजी की ही प्रेरणा से मैंने प्रातः भ्रमण शुरू किया।

शास्त्रीजी की पहली हाँक सवेरे पाँच बजे लगती है। नींद टूट गई, पकड़ में आ गया तो सारे रास्ते टहलने के फायदे बताते हैं और मेरी आस्था की ढहती भीत मजबूत करते हैं।

महमूद दो कप चाय रख जाता है।

शास्त्रीजी अखबार से ध्यान हटाते हैं और चुपचाप चाय पीने लगते हैं।

शास्त्रीजी। अर्थात नीबू की चाय। पत्नी जानती है।

जिस दिन शास्त्रीजी की हाँक अनुत्तरित रह जाती है उस दिन वापसी में उनकी भेंट अकसर महमूद से होती है। वे उसे आवाज देकर झबुआ के बारे में पूछते हैं। वह खुला होता है तो उसे बाँधने का आदेश देते हैं। पता नहीं क्यों, झबुआ की शास्त्रीजी से बिलकुल नहीं पटती। वे गेट के बाहर खड़े होते हैं तभी वह सूँघ लेता है। भूँकने लगता है। खुला हो तब तो लगता है ऊपर ही चढ़ बैठेगा। उसके बँध जाने के बाद ही वे अन्दर आते हैं।

महमूद गाय को चारा-पानी दे रहा होता है तो उसके पास तक चले जाते हैं—

"क्या हाल है जी गौ माता का?"

छोटे बछड़े को भी शास्त्रीजी खास आदमी लगते हैं। नाटी साँवली स्थूल काया और लम्बे बाल। इस पर लम्बा सफेद कुर्ता, धोती और छड़ी। शस्य-श्यामल और शुभ्र-धवल का संगम। वह हौदी में मुँह डालना भूल जाता है, बाल-सुलभ कौतूहल से बड़ी-बड़ी आँखें निकालकर ताकता है। पास आने पर पैर से कमर तक क्रमवार सूँघता है।

उसकी माँ शुरू-शुरू में जरूर भड़कती थी लेकिन अब नजरअन्दाज कर जाती है। खड़ी-खड़ी पागुर करती रहती है। नजर तक नहीं उठाती।

महमूद को वे 'चेला' कहते हैं।

"चेला। तुम्हारे साहब जगे कि नहीं?"

महमूद सुनकर प्रसन्न होता है। हँसता है। 'परनाम' करता है। ज्यादा वात्सल्य उमड़ा तो कहते हैं—चेलवा!

"चेलवा। मालकिन से पूछ चाय मिलेगी?"

चेलवा कुर्सी पोंछकर आदर से बैठाता है। वे उससे लॉन में लगे फूल-पौधों के बारे में पूछताछ करते हैं।

खाली कप स्टूल पर रखते हुए पूछते हैं—"क्या लगा रहे हो चेला?"

"डहेलिया है गुरुजी। कल शाम को ले आया।"

"अच्छा। वो बड़े-बड़े लाल फूलोंवाला। सूरजमुखी जैसा?"

महमूद स्वीकार में सिर हिलाता है।

"मेरे लिए नहीं लाए बच्चा?"

"कल ला दूँगा।"

"सुनो। तीन गमले मँगवाए हैं, मैंने भी। उनमें मिट्टी बनाकर भरना है। कैसे बनाते हो? एक हिस्सा बालू, एक हिस्सा गोबर की खाद..."

महमूद शास्त्रीजी का पक्का चेला बन चुका है। वह कहता है—"मैं बनाकर भर दूँगा।"

"न हो उसमें भी डहेलिया ही लगा दो लाकर।"

"लगा दूँगा।"

"लेकिन गोबर की खाद एकदम नीचे से निकालना बेटा। खूब सड़ी हुई। और वो जो गेंदे के पौधे लगा आए थे बरसात में, उनमें भी खाद डाल दो। बहुत कमजोर हैं।"

"डाल दूँगा।"

शास्त्रीजी उठते हुए विदा ले रहे हैं। लेकिन विदा लेते हुए आज उनके चेहरे पर रोजवाली चिर-परिचित मुस्कान नहीं है। मैंने शास्त्रीजी का मूँछों में मन्द-मन्द मुस्कुराता चेहरा ही देखा है। कभी उदास या निराश नहीं देखा।

मैं कहता हूँ, "परिक्रमा के बारे में कही गई मेरी बात से अगर आपको कुछ तकलीफ..."

वे रुक जाते हैं। बैठ जाते हैं। कहते हैं—"एक बात पूछना चाहता हूँ। जानना आवश्यक है। आप आस्तिक हैं या नास्तिक?"

यह क्या पूछ लिया शास्त्रीजी ने? ऐसा आर-पार कर देनेवाला प्रश्न।

मैं शास्त्रीजी को धीरे-धीरे समझने लगा हूँ। इसलिए डर जाता हूँ। हाथ जोड़ लेता हूँ—"शास्त्रीजी। आप मुझे बहुत प्रिय हैं। कहते हैं, तर्क दूरी पैदा करता है अनास्था लाता है। मैं किसी वाद-विवाद, मत-मतान्तर के नाते आपको खोना नहीं चाहता। इसलिए इस तरह के प्रश्नों में उलझना नहीं चाहता।"

वे हँसते हैं—"तर्क कोई बुरी चीज तो नहीं। नवनीत तो मंथन से ही निकलता है। साथ मजबूत रहे, इसके लिए भी जरूरी है कि एक दूसरे को पूरा-पूरा जानें। जड़ तक जानें।"

आस्तिक या नास्तिक?

आस्तिक, यदि इस शब्द को इसके प्रचलित रूढ़ अर्थ में ही संकुचित न कर दिया जाए।

"थोड़ा खुलासा करिए।"

"मैं यह तो मानता हूँ कि ब्रह्मांड का नियामक कोई सत्ता है। किन्तु यह नहीं मानता कि यह नियामक अयोध्या के राजा रामचन्द्रजी महाराज हैं या थे।"

"क्यों?"

"क्योंकि ऐसा मानना ईश्वर की क्षमता और व्याप्ति को कमतर करके देखना है।"

"कैसे?"

"जाने दीजिए। बात बढ़ती जाएगी।"

"बढ़ने दीजिए। मगर कहिए।"

"संक्षेप में इतना ही कि मेरी कल्पना का ईश्वर केवल हिन्दुओं का ईश्वर नहीं है। वह सभी धर्मावलम्बियों का है। विभिन्न धर्मों के उद्भव से पूर्व था। और इनके न रहने पर भी रहेगा। विभिन्न धार्मिक ब्रांड के ईश्वर स्वयंभू नहीं। उन्हें हमने अपनी जरूरत, अपने स्वार्थ के अनुसार गढ़ा है। इसीलिए एस्किमों का ईश्वर विषुवत रेखावालों के ईश्वर से भिन्न है। काले का ईश्वर गोरे से भिन्न है। यदि गाय-बैल का ईश्वर होगा तो वह शेर-बाघ के ईश्वर से भिन्न होगा। जलचरों का नभचरों से भिन्न होगा। अन्य धर्मों ने ईश्वर की कल्पना अपने समाज को नियंत्रित करने, उसकी बेहतरी के लिए की जबकि हमने इसका उपयोग किया अपने ही भाइयों का शोषण करने और हराम की कमाई खाने के लिए। यही नहीं, हमने अपने शोषण से अपने भगवान तक को नहीं बख्शा। उन्हें कोर्ट-कचहरी तक घसीटा है। विभिन्न न्यायालयों में श्री रामचन्द्र सिंह वल्द दशरथ सिंह बनाम स्टेट या श्री हनुमानजी वल्द नामालूम बनाम नगर महापालिका के मुकदमे चलते हैं। वे 'इन्क्रोचमेंट' के जुर्म में 'वान्टेड' होते हैं।"

शास्त्रीजी आँखें मूँदे सिर हिलाते हुए सुन रहे हैं। मैं उनकी प्रतिक्रिया जानने के लिए रुकता हूँ। वे आँख खोलकर बोलते हैं—"चलते रहिए, चलते रहिए।"

"हमने एक समुदाय के भगवान को किस तरह दूसरे समुदाय के विरुद्ध खड़ा कर दिया है, इसे स्पष्ट करने के लिए एक उदाहरण दे रहा हूँ..."

इस बीच पत्नी ने फिर दो कप चाय भेजवा दिया है। हम अपनी कुर्सियाँ धूप से छाँह में खींच लेते हैं। महमूद गाय दुहने लगा है।

"...कुछ दिनों पहले अखबार में कुछ इस तरह की खबर पढ़ने को मिली थी—दो भाई हैं। उनके माँ-बाप हैं। बाल-बच्चे हैं। परिवार बड़ा हो जाने पर एक साथ रोटी-पानी नहीं निभी। किसी की नहीं निभती। दोनों भाई अलग हो गए। लेकिन इस बँटवारे के दौरान गाँव के 'नारद' लोगों के चलते दोनों के मन में एक दूसरे के प्रति 'मैल' आ गई। सम्पत्ति के साथ-साथ माँ-बाप का बँटवारा भी हो गया। एक के हिस्से में पचहत्तर बरस का बाप आया। दूसरे के हिस्से में जप्पल माँ। फिर 'शुभचिन्तकों' के सद्प्रयास से आपसी खींचतान इस कदर बढ़ गई कि माँ के हिस्से आनेवाले भाई ने न्यायालय में मुकदमा दायर कर दिया कि उसका छोटा भाई जिसके हिस्से में बाप है, वास्तव में अपने बाप की सन्तान ही नहीं है। नाजायज सन्तान है। जब माँ के पेट में वह आया उस समय उसका बाप रोजी-रोटी के लिए परदेश गया था। गाँव के शुभचिन्तक गवाही के लिए तैयार हो गए। उसने माँ को डोली खटोली में लिटाया और शहर ले जाकर फाइल में हलफनामा लगवा दिया।

"...साथ में यह निवेदन कि ऐसे में सारी सम्पत्ति का वारिस वह अकेला सिद्ध होता है। उसे दिलाई जाए।"

"अरे गजब!" शास्त्रीजी की आँखों के कोए फैल जाते हैं—"ऐसा?"

"जी हाँ।"

"फिर!"

"फिर क्या। शुभचिन्तकों ने छोटे भाई की भी मदद की। उसके पक्ष में भी गवाह तैयार हुए। उसने भी अपने बाप से 'हलफनामा' दिलाया कि 'लड़का' अपने बाप का औरस पुत्र नहीं है। वह अपनी माँ के साथ 'गोहनलगुआ' बनकर आया था। माँ के पूर्वप्रेमी की निशानी। इसलिए पैतृक सम्पत्ति का उत्तराधिकारी एकमात्र वह स्वयं (छोटका) है।

"अब दोनों भाई अपने-अपने हिस्से के माँ-बाप को लादकर आए दिन शहर जाते हैं—एक दूसरे के खिलाफ गवाही दिलाने।...मेरे विचार से 'राम जन्मभूमि-बाबरी मस्जिद' विवाद में दोनों फरीकों के भगवान इसी तरह दोनों फरीकों के शोषण के मोहरे बने हुए हैं।"

"हो-हो-हो!" शास्त्रीजी हो-हो करके हँसने लगे। उन्हें चाय सुड़कते हुए 'छिछिनी' आ गई है। बरामदे में बैठा झबुआ भूँकने लगा है—भौं-भौं। क्या मामला है?

वे गला खखारकर संयत होते हैं। फिर कहते हैं, "आप तो बिलकुल 'वानप्रस्थियों' जैसी बात कर रहे हैं। खैर, तो आपके भगवान का स्वरूप क्या है?"

शास्त्रीजी की हँसी से मैं थोड़ा अप्रस्तुत होता हूँ, फिर भी जारी रखता हूँ, "जिसे हमारे मनीषियों ने परिभाषित किया है—अणों अणीयाम्। विज्ञान की भाषा में—डी.एन.ए. में समाए गुणसूत्र के रूप में। जिसके सूक्ष्मातिसूक्ष्म अणु में समाया रहता है, प्राणी की पूरी नस्ल का स्वरूप, गुण-धर्म। इसीलिए महती महीयान भी। चराचर में समभाव से व्याप्त।"

शास्त्रीजी के चेहरे पर पतली मुस्कान फैल जाती है। वे विदा लेते हुए कहते हैं, "सचमुच आप धन्य हैं। कितना निष्कलुष है आपका मन, आपकी आत्मा। कोरा कागज। हम इस पर अपनी 'आस्था' की इबारत लिखेंगे।"

मैं उनका आशय समझने का प्रयास करता हूँ।

तभी महमूद ताजी काटी गई दस-बारह बबूल की दातून लाकर उन्हें देता है। मुस्कुराता है।

"वाह चेला, वाह!" दातून पाकर गद्गद हो जाते हैं शास्त्रीजी।

"बहुत गुनी, बहुत प्रेमी लड़का है यह तो। जब से आया है, मुझे बबूल के काँटों से मुक्ति मिल गई है। कहाँ पाए आप यह 'रतन'?"

फिर गेट तक पहुँचकर मुड़ते हैं। "अरे चेलवा। अपने जैसा एक लड़का मेरे लिए भी ला न खोजकर।"

"लाऊँगा गुरुजी।"

"कौन जाति है रे तू?"

"मनई।" वह हँसकर कहता है और जूठे कप लेकर अन्दर चला जाता है।

ऐसे 'हीरा' आदमी का ऐसा बेहूदा सवाल। मैं डूबने लगता हूँ।

"मिसराजी आए हैं।" महमूद अन्दर आकर बताता है। फिर पत्नी की ओर देखकर हँसता है। पत्नी मेरी ओर देखकर मुस्कुराती है।

मैं पूछता हूँ, "क्या बात है? यह रहस्यमय हँसी क्यों?"

"वही बात।" पत्नी रहस्य खोलती है, "मिसराइन वाली। इसीलिए तो वह उन्हें देखते ही अन्दर भाग आया है।"

महमूद कहता है, "मैं चाय-वाय लेकर नहीं जाऊँगा उनके पास।"

मैं अभी-अभी ऑफिस से लौटा हूँ। थोड़ा आराम करना चाहता था लेकिन निकलना पड़ता है।

कुशलक्षेम के बाद वे पूछते हैं, "चेलवा कहाँ है?"

शास्त्रीजी की देखा-देखी अन्य पड़ोसी भी महमूद को चेलवा कहने लगे हैं। 'महमूद' नाम केवल पत्नी-बच्चों तक सीमित रह गया है।

"यहीं कहीं होगा। क्या बात है?"

"कुछ काम था।"

"बैठिए, चाय पीते हैं। तब तक आता होगा। और सुनाइए। आजकल किस गाँव को चर रहे हैं?"

मिसराजी बैठते हैं और सवेरे का बासी अखबार उठा लेते हैं। फिर उसी में नजर गड़ाए हुए बोलते हैं, "हम लोग अब क्या चरेंगे भाई साहब। चरने-खाने की पावर तो ऊपरवाले अपने हाथ में समेटते जा रहे हैं।"

बयालीस-पैंतालीस के दोहरे बदनवाले मिसराजी बहुत हँसमुख और मिलनसार हैं। चकबन्दी विभाग में पदोन्नति पाकर जूनियर अफसर हो गए हैं। सड़क पार मेरे सामनेवाले मकान में किराएदार हैं। व्यंग्य-विनोद में कोई सानी नहीं। अपने विभाग पर, खुद अपने पर भी हँसने से परहेज नहीं। जर्दा-पान से चितकबरे हुए दाँत और झबरैली खिचड़ी मूँछें। बटन-जैसी अन्दर घुसी छोटी-छोटी आँखें, जो हँसते हुए एकदम बन्द हो जाती हैं। चितकबरे दाँत खुल जाते हैं।

क्लब में जमनेवाली शाम की बैठकों में सुरूर में आ जाने पर भूतपूर्व हो चुके जमींदारों और बड़े किसानों की घटियारी और जालसाजी के ऐसे-ऐसे किस्से, अपने विभाग के कई 'कउवा' अफसरों के ओछेपन की ऐसी-ऐसी घटनाएँ सुनाते हैं कि सुननेवाला थू-थू करने लगे। खुद लेना-देना हराम समझते हैं लेकिन अपने बड़े अफसर के अर्दली का हौसला यह सिद्ध करके बढ़ा चुके हैं कि भगवान राम के दरबार की द्वारपाली करने के दौरान हनुमानजी खुद 'लेते' थे। बाबा ने हनुमान चालीसा में स्वयं खुलासा किया है—होत न आज्ञा बिन पैसा रे। बिना पैसे के प्रवेश नहीं।

अर्दली ने आगन्तुकों को समझाने के उद्देश्य से उक्त अर्धाली एक कागज पर लिखकर अपने बैठने के स्टूल के ऊपर दीवार में चिपका दिया था। संयोग से इसी के थोड़ा ऊपर हाकिम की नेम प्लेट भी थी। गलती से हाकिम ने उसे अपने लिए चिपकाई गई समझ लिया था। इसके चलते उस वर्ष मिसराजी को प्रतिकूल प्रविष्टि मिल गई थी।...यह सब पुरानी बातें हैं।

मैं क्लब में बहुत कम जाता हूँ। लेकिन जिस दिन पहले से पता लग जाता है कि आज मिसराजी और दरोगाजी, दोनों लोग पहुँच रहे हैं, समय निकालकर पहुँचता हूँ। दोनों का साथ हो जाने के बाद बाकी सदस्यों को अन्य किसी मनोरंजन की जरूरत ही नहीं रह जाती। दरोगाजी दस-बारह साल पहले सेवानिवृत्त हो चुके हैं। शरीर में अब उनकी रँगी मूँछें ही गलने से बची हैं। लेकिन गले की बुलन्दी बरकरार है और गालियाँ तो एक भी नहीं भूली हैं। मिसराजी की बारीक चोट का मुकाबला वे अपनी इसी खनकती आवाज और अपने जमाने के नामी चोर-उचक्कों और वेश्याओं के अन्तहीन किस्सों से करते हैं।

बहुत दिनों से वे मिसराजी के विभाग पर मुकदमा करने की धमकी देते आ रहे हैं। वे कहते हैं, "जिस क्षेत्र में चकबन्दी शुरू हो जाती है वहाँ चोरी-डकैती बन्द हो जाती है।"

"लेकिन चोरी-डकैती का चकबन्दी से क्या सम्बन्ध?"

"सम्बन्ध है।" दरोगाजी मूँछों में मुस्कुराते हैं, "दरअसल जिन गाँवों में चकबन्दी शुरू हो जाती है उन्हें चकबन्दीवाले ही ऐसा चरकर ठूँठ कर देते हैं कि चोर-डाकुओं को मजबूरन दस-पन्द्रह वर्षों के लिए वह इलाका छोड़ देना पड़ता

है। और चोरी-डकैती बन्द होने का प्रतिकूल असर पुलिस विभाग की चुस्ती-मुस्तैदी पर पड़ता है। वारदात के अभाव में वे आलसी हो जाते हैं।"

मिसराजी उनसे सहमत नहीं होते। उनके अनुसार यह चकबन्दीवाले ही हैं जिनकी बोई हुई झगड़े की फसल—फौजदारी को पुलिस वाले काटते हैं।

मझली लड़की चाय की ट्रे लेकर आती है, "नमस्ते अंकल।"

"नमस्ते बिटिया। अरे चेलवा कहाँ गया आज? तुम्हें पढ़ाई छोड़कर चाय लाना पड़ा।"

"वह काम कर रहा है अंकल।"

"जरा उसे बाहर तो भेजो बिटिया।"

"अच्छा अंकल।" वापस जाते हुए लड़की मुस्कुरा रही है। उसे भी पता है कि महमूद का बाहर आना उसकी मिसराइन आंटी के हक में ठीक नहीं है।

मिसराइन मोहल्ले की औरतों की नेता हैं। कद-काठी से ही नहीं, स्वभाव से भी मरदाना। समझिए, मिसराजी पर चढ़ी रहती हैं। दो-ढाई घंटे तक पूजा-पाठ करनेवाली और हफ्ते में दो-तीन दिन व्रत-उपवास रखनेवाली। नि:सन्तान होने के चलते सारा प्यार, सारा वात्सल्य मिसराजी पर ही उड़ेलती हैं। इस उम्र में भी हफ्ते में दो दिन उन्हें उबटन लगाती हैं। बस एक ही लत ऐसी है जिसे उन्हें मिसराजी से छिपाना पड़ता है। लत, जो छुड़ाए नहीं छूटती। जहाँ मिसराइन की नजर में इसमें कोई बुराई नहीं, वहीं मिसराजी की नजर में यह एक अक्षम्य अपराध है। मिसराजी को शायद पता लग गया है कि उनकी अनुपस्थिति का लाभ उठाकर मिसराइन ने एक बार फिर चोरी-चोरी वही काम...लेकिन इसे प्रमाणित करने के लिए चेलवा की गवाही आवश्यक है।

और चेलवा है कि बाहर आने का नाम नहीं ले रहा है।

क्या करे चेलवा भी? किसकी-किसकी सुने? सवेरे पाँच बजे से शुरू होती है उसकी दिनचर्या। गाय-बछड़े को चारा-पानी देने, उनका गोबर-झाड़ करने और अपने दिशा-मैदान जाने से। तब तक दोनों छोटे बच्चों के स्कूल जाने का समय हो जाता है। उन्हें स्कूल छोड़ना। वापस आकर गाय दुहना। छोटे-मोटे घर के काम। आगन्तुकों को चाय-पानी देना। गाय-बछड़े को नहलाना। खुद नहाना-खाना। बच्चों को वापस लाना।

इधर जब से पिताजी गाँव से आ गए हैं उसका काम ड्योढ़ा हो गया है। उनके तेल मालिश करना। नहाने के लिए पानी रखना। पूजा स्थल झाड़ना-पोंछना। गंगाजल छिड़कना। आसनी बिछाना। उनके ताँबे, पीतल और अष्टधातु के आधा दर्जन भगवानों को झाड़ना-पोंछना और आए दिन नीबू या दही से रगड़-रगड़कर चमकाना। काले से गोरा बनाना। उनके बाथरूम से निकलते ही पोथी-पत्रा, आग-अगियार, भगवानों की मंजूषा, रेहल, रामायण, अगरु, चन्दन, शंख सिलोटी, घड़ियाल, अगरबत्ती वगैरह पूजा की बेदी पर व्यवस्थित करना। कोई बच्चा न रहा तो हाथ का काम अधूरा छोड़कर भी घड़ियाल बजाने की ड्यूटी उसी की। और कहीं तीसरे पहर उनकी पकड़ में आ गया तो रामायण या बीजक बाँचकर सुनाने की ड्यूटी भी उसी की। वे सुनते कम क्रोधित ज्यादा होते हैं। कान के पास मुँह सटाकर जोर-जोर से बोलने की घंटे भर की कसरत। इस काम के लिए घर का कोई बच्चा पकड़ में नहीं आता कभी। सभी जान बचाकर भागते हैं।

इतना सब करते साँझ उतर आती है। शाम को साग-भाजी लाने बाजार जाना। लौटकर गाय को खिलाना। दुहना। और सबके सो जाने के बाद घंटे-भर अपने पैर की सड़ी हुई उँगलियों में दवा लगाना। सेंकाई करना। पानी के आधिक्य और खून की खराबी के चलते उसके पैरों की उँगलियाँ बारहों मास सड़कर भात हुई रहती हैं।

लेकिन यह तो हुई उसकी घरेलू व्यस्तता। इससे बढ़कर व्यस्तता रहती है उसकी जनसेवा के चलते। मुहल्ले में हम लोगों के आने की अवधि ज्यों-ज्यों बढ़ रही है, उसकी जनसेवा का आयाम विस्तार पाता जा रहा है। मिसराजी के घर, मेरे दाएँ पड़ोसी लालसाहब के घर, उनके बगल में अकेली रहनेवाली मास्टराइन के घर उड़ा हुआ बिजली का फ्यूज जोड़ने के लिए इसी की बुलाहट होती है। इन घरों की औरतों की 'औरताना' चीजें बाजार से लाने का काम भी धीरे-धीरे उसके जिम्मे लगता जा रहा है। दैनिक उपयोग की घरेलू चीजों के अलावा लालबहू को रोज दोपहर में गोल गप्पे खाने की चाट पड़ी है। लालसाहब डेली पैसेंजरी करते हैं। जिस दिन सातवाली ट्रेन से नहीं लौटते उस दिन दस बजे वाली ट्रेन से 'रिसीव' करने उनका स्कूटर लेकर स्टेशन पहुँचना भी महमूद के जिम्मे। इस बेगारी के लिए वे महमूद को देवर तक कह देती हैं। मास्टराइन का गैस का सिलिंडर भराने, शास्त्रीजी के गमलों की देखभाल और उनके क्लब का रजिस्टर सदस्यों के बीच

घुमाने का काम भी यदा-कदा महमूद के जिम्मे पड़ने लगा है। पत्नी इन दिनों महमूद की जनसेवा से इतनी त्रस्त हो चुकी है कि आए दिन खीजती और भुनभुनाती है। ...उस पर गवाही साखी की नौबत ऊपर से।

दरअसल, मिसराइन 'सरजूपारी' हैं। उनका मायका सरयू के उत्तर बस्ती गोरखपुर या देवरिया जिले के किसी अंचल में है जहाँ ब्राह्मणों में मांसाहार आम है। मिसराइन बचपन से मछली खाती आ रही हैं। चाट पड़ गई है। इधर मिसराजी ठहरे सरयू और गंगा के बीचवाले भू-भाग के, जहाँ ब्राह्मणों के मांसाहारी होने की कल्पना भी नहीं की जा सकती। कम से कम चौके में। खुलेआम। इस भू-भाग के तो चौथे वर्ण के खूँखार मांसाहारी भी अगर अयोध्या जाकर राम-राम सुन लेते हैं, कंठी-धारी 'भगत' हो जाते हैं तो मांसाहार को तिलांजलि दे देते हैं। मिसराजी ठहरे शुद्ध शाकाहारी।

मिसराइन कहती हैं—उनके मायकेवाले मिसराजी से ज्यादा ब्रह्म तेजवाले ब्राह्मण हैं। 'चितपावन' या 'पतित पावन' जैसे किसी गोत्र के। उन्हें मछली खाने से पाप नहीं लगता। मिसराइन क्या कर सकती हैं। अगर मिसराजी के पुरखों ने लालच में पड़कर अपना 'तेज' गँवा दिया। बहुत पहले की गई गलती। राजा दशरथ के जमाने की। राजा दशरथ को श्रवणकुमार की हत्या से जो 'ब्रह्म-दोख' लगा था उससे मुक्त होने के लिए उन्होंने 'ब्रह्म-भोज' दिया। सरयू के उत्तरवाले ब्राह्मणों ने तो इसमें जाने से इनकार करके अपना 'ब्रह्म-तेज' बचा लिया लेकिन दक्षिणवाले दक्षिणा में मिलनेवाली स्वर्णमुद्रा के लालच में आ गए। और लालच में हुआ 'तेज' का नाश। युग-युगान्तर के लिए मछली खाने की पात्रता से वंचित हो गए। पाप पड़ेगा...मिसराइन फँसी हैं तो अपने वचन के फन्दे में। 'सुहागरात' में दिया गया वचन। मछली न खाने का।

तब वे इस 'लत' की 'टान' का अन्दाजा नहीं लगा सकी थीं। और अब मौका मिलने पर इसी वचन का अतिक्रमण कर जाती हैं। घर में पका नहीं सकतीं इसलिए यदा-कदा महमूद के हाथों होटल से मँगाकर खा लेती हैं। मिसराजी इसी मामले में महमूद की गवाही चाहते हैं। महमूद के बारे में उनका विश्वास है—कुछ भी हो, लड़का झूठ नहीं बोल सकता। लेकिन मिसराइन भी आश्वस्त हैं—कुछ भी हो, लड़का कभी टूट नहीं सकता। चाँद टरे सूरज टरे...

...और सच बोलने के डर से छिपता-भागता महमूद।

मिसराजी की तीसरी बुलाहट पर महमूद के बजाय पत्नी निकलकर आती हैं, तौलिए से हाथ पोंछती हँसती हुईं।

"क्या है भाई साहब? काहे चेलवा-चेलवा की रट लगाए हैं? मियाँ-बीबी के झगड़े में चेलवा को क्यों सानते हैं? आप चोरी से चेलवा से क्लब में दारू की बोतल मँगाते हैं तो क्या वह मिसराइन का गवाह बनता है? तब आपका गवाह क्यों बनेगा? जैसे मिसराइन आपका मुँह सूँघकर बूझ लेती हैं, वैसे आप उनका मुँह सूँघकर बूझिए।"

रामवादी पार्टी के रथी नेता को विरथ किए जाने के बाद इस पार्टी के लोगों का रुख आक्रामक हो गया था। लोगों के गले में रामनामी गमछे और वाहनों पर केसरिया ध्वज नजर आने लगे थे। इधर कई दिनों से शास्त्रीजी से मुलाकात नहीं हो रही थी। खबर मिलती थी कि वे रात-दिन भक्तों को अयोध्या भेजने की मुहिम में लगे हैं। अयोध्या जाने के लिए कृतसंकल्प लोग, खासकर नेतागण आसन्न गिरफ्तारी की आशंका से अपनी पहचान गुप्त रखने के प्रयास में लगे थे। जो रामवादी पार्टी के रंग में नहीं रँग पाए थे वे रामवादियों के कृत्य को तटस्थ होकर देख रहे थे। रामवादी बहुत बड़ी, बहुत पुरानी पार्टी थी और युगों से जनमानस पर उनके नाम का दबदबा था। इसलिए विपक्ष में मुखर होनेवाले लोग कम थे। चाय-पान की दुकानों पर मुफ्त में अथवा रियायती दाम पर उपलब्ध कराए गए उत्तेजक भाषणों के कैसेट बज रहे थे। भीड़ उसका आस्वादन कर रही थी।

यह हफ्तों पहले की बातें हैं।

फिर अभी तीन दिन पहले दिन-भर आशंकित रहने के बाद शाम को खबर मिली कि कुछ दुस्साहसी रामभक्तों द्वारा ढाँचे के गुम्बद पर चढ़कर केसरिया ध्वज फहराया गया और दीवारों को क्षति पहुँचाई गई। समाज में इस तरह की आत्मघाती असहिष्णुता पनपने की प्रवृत्ति को लेकर दुखी था कि अचानक शास्त्रीजी के घर से घंटा-घड़ियाल और शंखनाद की गूँज सुनाई पड़ती है। पत्नी और बच्चे कौतूहल में

बाहर चले गए हैं। थोड़ी देर बाद पत्नी लौटती हैं और मेरे हाथ में लड्डू का चूरा देते हुए बताती हैं, "शास्त्रीजी हैं। लड्डू बाँट रहे हैं।"

"किसलिए?"

"उनकी पार्टी ने मस्जिद पर केसरिया लहरा दिया, इसी की खुशी में बहुत खुश हैं। कह रहे हैं कि मुख्यमंत्री होश में आ गया होगा। कहता था—परिंदा पर नहीं मार सकता।...और भी कई लोग हैं। मुहल्ले के लड़के हैं।"

शास्त्रीजी हो-हो करके हँस रहे थे। हँसते-हँसते उनकी धोती खुल गई। "यह कोई हँसने की बात है?" मैं हाथ में रखा लड्डू का चूरा उनकी ओर बढ़ा देता हूँ, "लो, रखो।"

"खा लीजिए। भगवान का 'प्रसाद' है।"

"ऐसे 'प्रसाद' की ऐसी की तैसी। भागो यहाँ से।" मैं गुस्से में उन्हें डाँटता हूँ।

मुझे शास्त्रीजी के इस व्यवहार पर हैरत हो रही थी। इसका मतलब मुझमें आदमी पहचानने की क्षमता रत्ती-भर भी नहीं है।

"महमूद को भेजिए। मेरा सिर दर्द से फटा जा रहा है।"

"उसे तो शास्त्रीजी ने लड्डू बाँटने के काम में लगा दिया है। मुहल्ले के जिन घरों के लोग उनके यहाँ नहीं पहुँच सके ऐसे लोगों के घर लड्डू पहुँचाने गया है।"

"उस उल्लू के पट्ठे को क्या पड़ी थी लड्डू बाँटने की?"

"लाइए, सिर मैं दबा देती हूँ।"

"नहीं, तुम जाकर लड्डू खाओ। मुझे बस एक कप चाय भेज दो।"

रात देर तक नींद नहीं आती। करीब बारह बजे पत्नी आकर बताती हैं, "बाहर कई लोगों के साथ शास्त्रीजी आए हैं।"

मैं कहता हूँ, "जाकर बता दो, तबीयत खराब थी। सो गए हैं।"

सवेरे पता चलता है—वे लोग मिठाई के नाम पर पत्नी से इक्यावन रुपये लेकर ही टले। पत्नी ने शाम को यह सोचकर मुझसे नहीं बताया कि मैं देने नहीं दूँगा।...

...और आज सवेरे फिर पत्नी जगाकर बताती हैं, "शास्त्रीजी आए हैं। मैंने ड्राइंग-रूम में बैठा दिया है।"

"फिर सवेरे-सवेरे शास्त्रीजी का मुँह देखना पड़ेगा?"

लेकिन कोई उपाय नहीं। मैं आँखें मीचते हुए आता हूँ।

उनके हाथ में ताजा अखबार है।

"हद हो गई मान्यवर। जब देश जल रहा है, अयोध्या जल रही है, आप निश्चिंत सो कैसे रहे हैं?"

मैं उन्हें शान्त स्वर में आश्वस्त करता हूँ, "मुझे पूरा विश्वास है कि इस जलाने गिराने के काम के लिए आप, आपके लोग ही काफी हैं।"

पता नहीं वे क्या समझते हैं और आश्वस्ति में सिर हिलाते हैं, "सो तो है। सो तो है। लेकिन एक बहुत दुखद खबर है। आपको शायद अभी तक मालूम नहीं है। अयोध्या में मुख्यमंत्री ने कार-सेवकों पर गोली चलवा दी। सैकड़ों लोग मारे गए हैं। हजारों घायल हैं। त्राहि-त्राहि मची है। जरा अखबार तो देखिए।"

"कार-सेवकों ने भी तो अन्धेर कर रखा है शास्त्रीजी। उस दिन मस्जिद पर चढ़ गए। उसे तोड़ने, बम से उड़ाने की कसमें खा रहे हैं। कोई सरकार कब तक बर्दाश्त करेगी और गोली तो आप लोग खुद चलवाए हैं। तीस तारीख को उतना उत्पात करके पेट नहीं भरा था जो आज तक वहाँ घेरा डाले पड़े हुए हैं।"

"पहली बात तो यह है कि उसे मस्जिद नहीं मन्दिर कहिए..."

"कुछ भी कह लीजिए। लेकिन जो कुछ हो रहा है और आगे होगा, वह आप लोगों के और इस इलाके के दो-चार अखबारों के चलते ही हो रहा है। जितना जहर उगल सकते हैं आप लोग मिलकर उगल रहे हैं। ऐसे में गोली नहीं चलेगी, खून-खराबा नहीं होगा तो क्या होगा? सरकार की नजर में तो हिन्दू-मुसलमान दोनों बराबर हैं। वह तो दोनों की है।"

"क्यों दोनों की है?" शास्त्रीजी अचानक तैश में आ जाते हैं, "जब धरम के नाम पर इन मुसलमानों ने देश की छाती चीरकर दो टुकड़े कर दिए तो फिर यहाँ क्या करने के लिए रह गए? अपनी ऐसी-तैसी कराने...?"

ठीक इसी समय महमूद हम दोनों के बीच चाय का कप रख रहा है।

यद्यपि शास्त्रीजी का मेरे घर आना-जाना पिछले चार-पाँच महीनों से है लेकिन

कभी उन्होंने महमूद का नाम जानने की कोशिश नहीं की। एक बार उत्सुकता भी दिखाई थी तो उसकी जाति जानने की। मेरे 'महमूद' सम्बोधन पर भी कभी गौर किया होता तो जान सकते थे कि रोज-रोज उनके लिए दौड़कर कुर्सी लानेवाला, मुस्कुराकर स्वागत करनेवाला, बबूल की दातून देने और नीबू की चाय पिलानेवाला यह लड़का भी मुसलमान है। तब निश्चय ही वे उसके मुँह पर इस तरह गाली-गलौज की भाषा में बात न करते। मैं महमूद के चेहरे को देखने लगा। टेबुल पर गिरी चाय को झुककर पोंछते हुए उसका चेहरा निर्विकार था। प्रतिक्रियाहीन। क्या यह बहरा है? तब? गाली खाकर भी कोई इस तरह प्रतिक्रियाविहीन कैसे रह सकता है?

शास्त्रीजी अपनी रौ में बहे जा रहे हैं, "मैं कहता हूँ, अभी भी वक्त है कि इन 'कटुओं' को खदेड़कर पाकिस्तान भगा दिया जाए। वरना पचास साल बाद क्या होगा, जानते हैं?"

शुक्र है कि महमूद अन्दर जा चुका है।

"...एक-एक 'मुसल्ला' चार-चार शादी कर रहा है और एक-एक से चौदह-चौदह बच्चे निकाल रहा है। परिवार नियोजन इनके लिए हराम है। यही रफ्तार जारी रही तो पचास साल बाद देश की दो-तिहाई आबादी मुसलमान होगी। तब दो-तिहाई बहुमत से देश का संविधान बदला जाएगा। और भारतवर्ष 'इस्लामिक कंट्री' घोषित होगा। देश के सारे मन्दिरों को तोड़कर मस्जिदें बनाई जाएँगी। हजारों-हजार बाबरी मस्जिदें। भारत माता जार-जार रोएगी। मैं साफ-साफ देख रहा हूँ, देश फिर बाबर की सन्तानों की गुलामी में जकड़ा जानेवाला है।"

"तो क्या आपकी पार्टी सत्ता में आएगी तो सचमुच मुसलमानों को देश निकाला दे देगी? मस्जिद नेस्तनाबूद कर देगी?"

"बिलकुल कर देगी। आपने हमारे नेता का ऐलान नहीं सुना? अपनी मस्जिद ये कटुए साले जहाँ चाहें उठाकर ले जाएँ। अपनी मैया की 'उसमें' डाल लें, ले जाकर। और नहीं डालते तो हम डाल देंगे, बम और डाइनामाइट से उड़ाकर। हमारा आत्मघाती दस्ता तैयार बैठा है। जन्मभूमि बलिदान माँग रही है। हम बलिदान देने और लेने के लिए कृतसंकल्प हैं।"

बलिदान लेने को? इस दुख की घड़ी में भी मेरे चेहरे पर विद्रूप की हँसी खेल जाती है।

"शास्त्रीजी, बलिदान देने की बात तो समझ में आती है। भेड़ भी बलिदान देती है। लेकिन बलिदान लेना? कैसे? किससे? आपके घर में सब्जी काटने की छुरी के अलावा दूसरा भी कोई हथियार मिलेगा ढूँढ़ने पर?"

"उससे कुछ नहीं होता। हमारी मानसिक ताकत देखिए। हमारा इतना विराट, इतना संगठित, इतना समर्पित हिन्दू समाज देखिए।"

"विराट तो समझ में आया किन्तु संगठित? यही रहा होता तो इतनी लम्बी गुलामी की परम्परा पर गर्व करने के लिए हमीं थे सारी दुनिया में।"

"अतीत को भूल जाइए मान्यवर। वर्तमान को देखिए। आँखें खोलकर देखिए। इस समय राम के नाम पर पूरी आबादी के हम पचासी प्रतिशत हिन्दू एक झंडे के नीचे आ रहे हैं..."

तभी हमारी बात सुनकर पिताजी ड्राइंग-रूम में आ जाते हैं। शास्त्रीजी उन्हें प्रणाम करके बैठाते हैं और नए सिरे से अयोध्या में हुए अन्धेर की सूचना देने लगते हैं।

पचासी प्रतिशत के एक झंडे के नीचे आने के बात पर मुझे थोड़े दिन पहले एक आरक्षण-समर्थक रैली में सुना गया किसी वक्ता का भाषण याद आ रहा है। वह अपार जन-समूह को खुलकर ललकार रहा था।...'आरक्षण के विरोध में सड़कों पर उतरनेवाले दगाबाज हैं। हमें इनसे सावधान रहना है वरना हमारी भी वही निहाद होगी जो उस चूहे की हुई थी। साँप और चूहेवाला किस्सा जानते हैं?'

'नहीं।' शोर होता है।

'सुनना चाहते हैं?'

'जरूर...सुनाइए। सुनाइए।' तुमुल-घोष।

'तो सुनकर जाइए। अकुताइए मत।'

वक्ता ने गला खखारकर शुरू किया था, 'एक साँप था और एक चूहा था। दोनों एक काठ के बक्से में बन्द हो गए थे। चूहे ने साँप को देखा और साँप ने चूहा देखा। चूहा डर गया। आँख बन्द करके इन्तजार करने लगा कि साँप उसे निगलने के लिए कब झपटता है। लेकिन साँप उससे 'धरम' की बातें करने लगा। 'परलोक' की बातें करने लगा। भगवान की बातें करने लगा। बीच-बीच में बराबरी और भाईचारे की बातें करने लगा। बोला, जमाना मेल-जोल और सहयोग से रहने का आ गया है। मैं तुम्हें खाऊँगा नहीं। हम दोनों मिलकर इस लकड़ी के बक्से में छेद करेंगे।

तुम छेद करोगे और मैं पूँछ डालकर नापता रहूँगा कि निकलने-भर की जगह हो गई या नहीं।...यही किया गया। जब साँप ने नापकर देख लिया कि निकलने-भर की जगह हो गई है तो चूहे को खाकर निकल गया।...तो क्या समझे? वे हम पचासी प्रतिशत पिछड़ों के लिए साँप हैं। क्या अब भी आप साँप से दोस्ती जारी रखेंगे?'

'नहीं। हरगिज नहीं।' भीड़ का शोर।

'उसके झाँसे में आकर अपनी जान गँवाएँगे?'

'कभी नहीं।'

'सावधान! उनसे कोस भर दूर रहना होगा। वे उत्तर जाते हैं तो हमें दक्षिण जाना होगा। वे पूरब जाते हैं तो हमें पश्चिम जाना होगा। हमारा उनका मेल-जोल...

'हराम है।' भीड़ का शोर।

'उठना-बैठना।'

'हराम है।'

'खाना-पीना।'

'हराम है।'

...और भी कैसी-कैसी बातें।

तो क्या शास्त्रीजी को समाज में फैल रही अलगाव और टूटन की इस संक्रामक बीमारी की जानकारी नहीं है जो वे पचासी प्रतिशत आबादी को एक झंडे के नीचे लाने का सपना देख रहे हैं। एक पचासी प्रतिशत इनका और एक पचासी प्रतिशत उनका। हो सकता है इन बातों से अवगत कराऊँ तो उनके सोच में कुछ परिवर्तन आए। लेकिन कैसे? जब तक शास्त्रीजी की जाति का ठीक-ठीक पता न चल जाए... आजकल बिना किसी की जाति जाने, खासकर आरक्षण से जुड़े मुद्दों पर अपनी बेबाक राय देना खतरे से खाली नहीं रह गया है। बीसों साल की दोस्ती में दरार पड़ सकती है। एक समय था, डॉ. लोहिया ने नाम से जाति-सूचक शब्द हटाने की मुहिम चलाई थी। जाति-पाँति तोड़ने का आन्दोलन चलाया था। लेकिन आज अगर आप पिछड़ी या छोटी कही जानेवाली जातियों में से हैं और नाम में जातिसूचक नहीं लगाते तो स्वजातीय कहेंगे—साला जाति छिपाता घूमता है। दोगला है। अगर अगड़ी मानी जानेवाले जाति के हैं तो स्वजातीय कहेंगे—बड़का प्रगतिशील बना घूमता है। पाखंडी है। वक्त आ गया है कि हम अपने नामों में अपने जाति-सूचक

शब्द लगा लें ताकि लोग खुलकर अपनों को गले लगा सकें और संगठित होकर परायों की जड़ खोद सकें।

मेरे दो 'सिंह' मित्र थे। मैंने उन्हें आपस में परिचित कराया। लेकिन लम्बे अरसे तक वे एक दूसरे से 'अन्तरंग' न हो सके। अन्ततः एक ने पहल की। उसने बात-बात में बातों की पूँछ इस तरह उमेठी कि अपनी तरह का 'सिंह' होगा तो खुशी से झूम उठेगा। दूसरी तरह का हुआ तो 'रिएक्ट' करेगा। दोनों में से कुछ नहीं हुआ। दोनों ही पहले एक दूसरे को जान लेना चाहते थे। मैंने मदद की। मुझे पता था कि पूँछ के नीचे दोनों के एक-सा है। मैंने दोनों की पूँछ उठाकर एक दूसरे को दिखा दिया। दोनों खुशी से झूम उठे। एक दूसरे से लिपट गए।...तो ऐसा होता है। शास्त्रीजी पूँछ के नीचे क्या हैं यह अभी तक स्पष्ट नहीं है। शास्त्रीजी के व्यवहार को देखते हुए लगता भी नहीं वे जल्दी अपनी पूँछ उठाने देंगे। कभी उठाते भी होंगे तो एकान्त में, अकेले। वैसे पत्नी को यह काम सौंप दूँ तो वह चौबीस घंटे में पता करके बता सकती है...आजकल अपनी बिरादरी के ख्यातनाम या धनाढ्य लोगों से जातीय संगठन के समारोहों का उद्घाटन, अध्यक्षता कराने का प्रचलन तेजी से बढ़ा है। शास्त्रीजी की मेज की दराज में पड़े दस-बीस निमंत्रण-पत्र उलट-पुलट लें तो एकाध इस तरह का जरूर मिल जाएगा जिसमें शास्त्रीजी का नाम जाति-नाम सहित स्वर्णाक्षरों में अंकित होगा। लेकिन जरूरत तो अभी है जब शास्त्रीजी के अगड़े या पिछड़े होने के आधार पर मुझे यह तय करना है कि इन भाषणों से बढ़ रहे सामाजिक विघटन की भयावहता के प्रति उन्हें सावधान करने के लिए कौन-कौन-सा तर्क किन-किन संशोधनों के साथ दिया जाना ठीक होगा।

इस बीच शास्त्रीजी को अपनी बुलन्द आवाज का फायदा मिला है। उन्होंने पिताजी को अपनी किसी बात से सहमत कर लिया है। वे स्वीकृति में सिर हिला रहे हैं।

शास्त्रीजी मेरी तरफ मुखातिब होते हैं।

"मैं कुछ स्टिकर और पोस्टर लाया था। सोचता था आपको दे दूँगा। अपने कार्यालय में आनेवाले वाहनों पर चिपकवा देंगे। लेकिन बातचीत से लग गया कि अभी मैं आपके अन्दर वांछित आस्था नहीं जागृत कर पाया। कमी मेरी ही है। लेकिन जाते-जाते एक बात जरूर कहना चाहता हूँ। उस दिन आपने कहा था कि हमने अपना भगवान अपने स्वार्थ के लिए गढ़ा है। उसका दुरुपयोग किया है। शोषण

किया है। मान लेते हैं। लम्बे कालप्रवाह में अच्छी-से-अच्छी व्यवस्था में खामी आ जाती है। लेकिन हमारा मुख्य उद्देश्य सदैव आस्था और भय के माध्यम से समाज का नियमन करना ही रहा है। अब जिस रूपाकार विशेष से, जिस स्थल विशेष से हमारे जनमानस की आस्था जुड़ गई है, उसका अपमान होता है तो जनमानस इसमें सीधे-सीधे अपना अपमान देखता है। आप काशी में, मथुरा में जाकर देखिए। किस तरह मन्दिर की छाती पर चढ़कर मस्जिद मूँग दल रही है। इसी मथुरा में सिकंदर लोदी ने मन्दिरों को तोड़कर मूर्तियों के भग्न अवशेषों से कसाइयों के बटखरे बनवा दिए थे। हमारे इन मर्मस्थलों पर आक्रांताओं को घाव करने की क्या जरूरत थी? और अगर यह ज्यादती, यह भूल हुई है तो इसे सुधारा क्यों नहीं जा सकता?"

"लेकिन यह तो पुरानी बात हुई। चार-पाँच सौ साल पुरानी।"

"किसी जीवित जाति के इतिहास में चार-पाँच सौ साल बीते हुए कल की तरह ही ताजे होते हैं मान्यवर।"

शास्त्रीजी आवेश में आ गए हैं।

मैं कहना चाहता हूँ कि इतिहास की ज्यादतियों का परिमार्जन करने चलेंगे तो उसका अन्त नहीं मिलेगा। अपने शूद्र राजा बृहद्रथ का सिर काटकर राजा बने ब्राह्मण सेनापति पुष्यमित्र शुंग ने चौंसठ हजार बौद्ध बिहारों को मटियामेट किया था। आज के न जाने कितने मन्दिरों के नीचे ध्वस्त बौद्ध बिहारों के अवशेष दबे हैं। अगर बौद्धगण आज अपने ध्वस्त बौद्ध बिहारों का पुनर्निर्माण उन्हीं गर्भगृहों पर करने की जिद शुरू कर दें तो...साढ़े चार सौ साल पुरानी गलती का सुधार शुरू हुआ है तो लगे हाथों इक्कीस-बाईस सौ साल पुरानी गलती भी सुधार ली जाए।... यह भी तय हो जाना चाहिए कि किन-किन और कब तक की गलतियों-ज्यादतियों का सुधार किया जाएगा।

शास्त्रीजी का आवेश देखकर यह बात पचा जाना ही बेहतर समझता हूँ लेकिन रोकते-रोकते भी मुँह से निकल जाता है, "जब से मंडल आयोग की सिफारिशें लागू किए जाने की घोषणा हुई है, उसके समर्थकों और विरोधियों के रूप में पूरा हिन्दू समाज दो फाँकों में बँटता जा रहा है। ऐसे में आपका पचासी प्रतिशत लोगों के एक झंडे के नीचे आने की बात सोचना..."

शास्त्रीजी अट्टहास करते हैं। आवेश गल जाता है।

"देखिए मान्यवर! यह डर झूठा है। यह बँटवारा नकली है। हमारे साथ अगड़े भी हैं पिछड़े भी। दलित भी हैं पंडित भी। आदिवासी भी हैं बनवासी भी। अयोध्या में गोली खानेवाले लगभग सभी दलित या पिछड़े हैं। वे राम के साथ आज से थोड़े हैं? त्रेता से हैं—अपने पूर्वज बन्दर-भालुओं के रूप में। उनके मन से राम को अलग करनेवाला कोई माई का लाल अभी तक तो पैदा नहीं हुआ।"

वे फिर अट्टहास करते हैं। थोड़ी देर तक मुझे विजयी मुस्कान से घूरते हैं फिर आवाज लगाते हैं, "चेलवा! रे चेलवा!"

महमूद अन्दर से निकलकर आता है।

"यह लो बच्चा।" शास्त्रीजी झोले से स्टिकर का एक पैकेट और पोस्टर का बंडल निकालकर महमूद को पकड़ाते हुए कहते हैं, "पोस्टर मोहल्ले में चारों तरफ चिपकाना है और ये स्टिकर स्कूटरों, कारों, बसों पर। सबसे पहले साहब के स्कूटर से शुरू करना।"

वह जाने लगता है तो कुछ याद करके बोलते हैं, "बच्चा, मेरे गमले नहीं भरे तूने।"

"भर दिया।" आज महमूद की आवाज मरी हुई है।

"उसमें पौधे लगाने थे न?"

"लगा दिया।"

"कब रे?"

"तीस को ही। आप नहीं थे।"

"अरे वाह चेला! शाबास!"

महमूद चला जाता है।

वे उठकर खड़े होते हैं। झोला और अखबार सँभालते हैं। फिर चलते-चलते कहते हैं, "आजकल यही काम ले रखा है अपने जिम्मे। दाढ़ी-मूँछ रख लिया है। अब इन पर मन्दिर-निर्माण के बाद ही छुरा लगेगा।"

वे चले गए हैं। लेकिन मुझे बहुत डरा गए हैं।

इधर जबसे मन्दिर-मस्जिद मुद्दा गहराया है, आगन्तुकों की बातचीत का केन्द्र-बिन्दु घूम-फिरकर यही मुद्दा बन जाता है। फिर इसके पक्ष और विपक्ष में गरमा-गरम बहस। ज्यादातर वक्ता उत्तेजित हो जाते हैं। मुसलमानों को भला-बुरा

कहने पर उतर आते हैं। उस समय महमूद ही उन्हें चाय-पानी दे रहा होता है। अपने मजहब, अपनी कौम के नाम पर गाली खाते हुए गाली देनेवाले का स्वागत-सत्कार! मौन रहकर। कितना त्रासद! आज जैसी नंगी भाषा में इतने छिछले स्तर की गाली तो इसके पहले नहीं ही मिली थी सुनने को इसे। इन्हीं दिनों मुझे भी बार-बार याद करना पड़ता है कि वह मुसलमान है। आगे आनेवाले दिन, लगता है और ज्यादा परेशानी लेकर आएँगे। मैं ऐसी बहसों में तटस्थ श्रोता ही बना रहना चाहता हूँ। क्या होगा एक मरे हुए विवाद पर बहस करके। अपनी वर्तमान समस्याओं और चुनौतियों की तरफ से आँखें मूँदकर हम सोलहवीं शताब्दी की दफन कर दी गई समस्या पर खामखाह अपनी नींद हराम कर रहे हैं। मेरा वश चले तो मैं मन्दिर-मस्जिद दोनों को जमींदोज कराकर वहाँ बच्चों के खेलने के लिए पार्क बनवा दूँ। लेकिन मेरी सुनेगा कौन? लोग तर्क-कुतर्क करते हैं। उत्तेजित होते हैं। चिल्लाते हैं। दहाड़ते हैं। और मैं डरने लगता हूँ।

मेरी आँखों के सामने मासूम बच्चों की चीख-चिल्लाहट, अबलाओं का क्रन्दन और लपलपाती लपटों में धू-धू करके जलते गाँव नजर आने लगते हैं।

फिर सवेरे शास्त्रीजी टहलने के लिए जगाने आएँगे। फिर रास्ते भर मुसलमानों को इस देश से बाहर निकालने के लिए तर्क देंगे। सोचकर मैं मन-ही-मन आतंकित होने लगता हूँ।

वे दिन गए जब अफवाहें फैलाने का काम संचार माध्यमों से कटे दूरदराज के अनपढ़ देहाती करते थे। उनके लिए अफवाहें खबरों के अभाव की पूर्ति करती थीं।

अब यह काम भी अखबारों ने अपने हाथ में ले लिया है।

अयोध्या से लौटनेवाले राम भक्त अयोध्या की घटनाओं का बिना देखा हुआ आँखोंदेखा हाल सुना रहे हैं और चाय-पान की दुकानों पर इकट्ठा होकर लोग श्रद्धाभाव से उनको सुन रहे हैं। उन्हें चाय-पान करा रहे हैं। इन भक्तों के अनुसार भारत-पाक विभाजन के समय भी ऐसी भयानक मार-काट क्या हुई रही होगी, जैसी अयोध्या से लौटने के रास्तों में होती हुई वे देखते आ रहे हैं। रास्तों में पड़नेवाले

मन्दिर टूट रहे हैं। मूर्तियाँ अपवित्र की जा रही हैं। मुसलमानों की दंगाई भीड़ रात में इन्हें तोड़ते हुए आगे बढ़ रही है। दिन में मुसलमानी गाँवों में शरण ले रही है। दो-ही-चार दिन में वे यहाँ तक पहुँच रहे हैं। तैमूरी सेना!

जो अयोध्या नहीं गए लेकिन कल्पना-शक्ति के धनी और वाक्पटु हैं उनका अयोध्या का दृश्य-वर्णन तो और भी रोमांचकारी और खून खौला देनेवाला है। उनके अनुसार पता नहीं कितने राम भक्तों को तो मुख्यमंत्री ने खुद अपने सामने ट्रक में 'लोड' करवाया और सरजू के पुल पर ले जाकर बीच धारा में फेंकवा दिया। फेंके गए लोगों के जूते-चप्पल पुल पर पड़े हैं। नदी के पानी में बहते देखे गए हैं। उनके अँगोछे-झोले पुल की रेलिंग में फँसे लटके हैं। सरजू के किनारे बीसों किलोमीटर तक लाशें-ही-लाशें मिल रही हैं, रोज।

जो इन अफवाहों पर अविश्वास करते हैं वे चुप रहने में भलाई देख रहे हैं क्योंकि अफवाह फैलानेवाला तबका न केवल समर्थ और संगठित है, उसकी आँखों में हिंसा भी लहरें मार रही है।

अयोध्या में घटी घटना की प्रतिक्रिया में बांग्लादेश और पाकिस्तान में मन्दिरों के तोड़े जाने, हिन्दुओं की दुकानें और घर लूटने, जलाने, बच्चों को आग में फेंकने, औरतों से बलात्कार करने की खबरें आ रही हैं। इनको अफवाहों की चाशनी में मिलाने के बाद जो तस्वीर उभर रही है उससे आशंका, अविश्वास और दहशत का माहौल गाढ़ा हो रहा है। लम्बी दूरी की यात्राएँ स्थगित हो रही हैं। हिन्दू जनमानस में मुसलमान की तस्वीर जानी दुश्मन के रूप में उभारी जा रही है। कार्यालयों में कार्यरत मुसलमान कर्मचारियों की उपस्थिति घट गई है। जो आ रहे हैं, वे भी बहुत सिकुड़े-सिमटे। वे अयोध्या मसले पर कुछ भी बोलने से परहेज कर रहे हैं। जो कुछ भी कहिए, प्रतिक्रियाहीन-से सुन लेते हैं।

ऑफिस से थोड़ा जल्दी आ गया हूँ। छत पर टहल रहा हूँ कि बेटा दौड़ता हुआ आता है। उत्तेजित और हाँफ रहा है। लगभग गोद में समाते हुए फुसफुसाकर बताता है, "पापा, आज हमारे स्कूल में मुसलमान आए थे।"

बोलते हुए उसकी आँखें भय से फटी पड़ रही हैं।

"ऐं! कैसे पता चला?"

"स्कूल के 'पियन' ने बताया। वे गेट के अन्दर घुसनेवाले थे लेकिन पियन ने पहचान लिया। झट गेट बन्द करके ताला डाल दिया। सारे बच्चे डर गए थे। एकाध रोने लगे थे।"

"मुसलमान कौन होते हैं बेटा?"

"बच्चे पकड़नेवाले। आग लगानेवाले। छुरा भोंकनेवाले?"

"किसने बताया?"

"सभी बच्चे जानते हैं।"

उन्हें किसने बताया?

"पता नहीं।"

"तुमने किसे बताया?"

"महमूद को।"

"उसने क्या कहा?"

"वह हँस रहा था।"

मैं हँसकर कहता हूँ, "बेटा, मुसलमान तो महमूद भी है।"

"नहीं पापा।" बेटा आशंकित होते हुए कहता है, "वह तो भाईजान हैं।"

मैं सावधान हो जाता हूँ।

जरूरी लगता है कि महमूद उसकी नजरों में भाईजान ही बना रहे। मुसलमान न हो जाए। मुसलमान के साथ स्कूल जाने से वह इनकार भी तो कर सकता है। दिक्कत हो जाएगी।

मैं चुप रह जाता हूँ।

मुसलमान के नाम पर हमारे मुहल्ले के चौराहे पर एक नाई की झोपड़ी है। हनुमान मन्दिर के बगल में—पटरी पर। इसमें बाप दर्जी का काम करता है और बेटा बाल काटता है। उसके अधिकांश ग्राहक हिन्दू हैं। दीवाली, दशहरा और ईद के मौके पर काम इतना बढ़ जाता है कि बेटा भी बाल काटना छोड़कर बाप की मदद करने लगता है। इनका घर पास के गाँव में है। बेटा किसी समय जाकर घर से टिफिन बॉक्स में दोनों जून का खाना ले आता है और काम करते-करते थककर दोनों झोपड़ी में ही सो जाते हैं।

लेकिन इन दिनों वहाँ सन्नाटा छाया है। बाप-बेटे हाथ-पर-हाथ धरे बैठे रहते हैं। शायद 'शेव' करानेवाले अन्दर-ही-अन्दर नाई की नीयत पर शक करने लगे हैं। कहीं दाढ़ी बनाते-बनाते गले पर ही उस्तरा न फिरा दे। जरा-सा हाथ हिलाने-भर की देर लगेगी। जब अन्दर नफरत और गुस्सा भरा हो तो क्या नहीं हो सकता?

बगल में स्थित हनुमान मन्दिर में दर्शनार्थियों की संख्या बढ़ गई है। पटरी पर स्थित मन्दिर के बाहर आरती के समय लोगों के खड़े होने के लिए जगह कम पड़ जाती है। भीड़ दर्जी की झोपड़ी के दरवाजे तक पहुँच जाती है।

अब आरती शुरू होने के पहले, सूरज डूबने के साथ ही बेटा साइकिल उठाकर गाँव चला जाता है और सवेरे नौ-दस बजे लौटता है। बाप भी अँधेरा होने के साथ-साथ झोपड़ी का दरवाजा बन्द कर लेता है और सवेरे का रखा खाना खाकर बत्ती बन्द करके लेट जाता है।

फिर भी लोगों को उनका मोहल्ले के प्रवेश-द्वार पर ही इस तरह जमे रहना असुविधा पैदा करने लगा है। बाप-बेटे सन्देह की नजर से देखे जाने लगे हैं। लोगों को आशंका है कि सबके सो जाने के बाद रात के अँधेरे में नदी पार के मुसलमान मुहल्ले का भेद लेने दर्जी की झोपड़ी में आते हैं ताकि जब कभी भी वे हमला बोलें तो हर घर के अन्दरूनी हालात से अच्छी तरह परिचित रहें। हनुमान मन्दिर के पुजारी ने भी खबर दी है कि जब एक रात वह लघुशंका करने के लिए उठा तो देखा, दर्जी की झोपड़ी से निकलकर तीन-चार लोग अँधेरे में गायब हो रहे हैं।

जरूर इसका लड़का भी यहाँ से निकलकर मुसलमानी मोहल्ले में जाता होगा और हम लोगों का भेद देता होगा।

पुरुषों के काम पर चले जाने के बाद मोहल्ले की औरतें किसी भी आँगन या छत पर जुटती हैं और नाना प्रकार की भयावह कल्पनाएँ करके रोंगटे खड़े करती रहती हैं।

दोपहर में छत पर पत्नी, मिसराइन तथा लालबहू बैठी हैं। धूप तेज हो जाने के कारण उन्होंने चारपाई को पेड़ की छाँव में खींच लिया है। मिसराइन का आज कोई व्रत है। वे दही लेने आई हैं। लालबहू पत्नी को स्वेटर की कोई नई डिजाइन

बताने आई है। लेकिन यह कारण बाह्य और गौण हैं। असली उद्देश्य है विभिन्न स्रोतों से सुनी गई अफवाहों का आदान-प्रदान।

बातचीत का स्थायी भाव भय और घृणा है। दोनों ही मुसलमानों के प्रति। लालबहू बताती हैं कि सड़क के किनारे पड़ी पी.डब्लू.डी. विभाग की आठ-दस ट्रक गिट्टी कल रातोंरात मुसलमानों ने ढोकर अपनी छतों पर गाँज लिया। कर्फ्यू में पुलिस पी.ए.सी. पर पथराव करने के लिए। जन-बच्चे सहित जुटते हैं सब।

मिसराइन बताती हैं कि आज सवेरे वे गोमती स्नान के लिए जा रही थीं। तीन जनी थीं। इतना अँधेरा था और रास्ता इतना सुनसान था कि लगता था अभी किसी खाई-खड्ड से मुसलमानों का झुंड निकलेगा और दबोच लेगा। उसी समय घू-घू करके घुग्घू बोला तो हिम्मत जवाब दे गई। डर के मारे पैर मन-मन-भर के हो गए। तीनों जनी उलटे पाँव लौट आईं। बिना नहाए।

ऐसे में चोर-बदमाश कहाँ छिपे बैठे हों, कहा नहीं जा सकता। चर्चा चोरियों, डकैतियों और छिनैतियों की ओर मुड़ जाती है। बम और कट्टे आ जाते हैं। सारांश यह कि बम और कट्टे बनाना तो मुसलमानों के लौंडे पेट से सीखकर आते हैं। भागते-भागते एक जेब से मसाला निकाला, दूसरे से कागज-सुतली और लपेटकर फेंक दिया—धड़ाम।

जितनी चोरियाँ-डकैतियाँ इस समय हो रही हैं, सब मुसलमान कर रहे हैं।

चोरी की चर्चा से पत्नी को एक हादसा याद आ जाता है। हादसा जो उनकी जागरूकता के चलते होते-होते टल गया था।

"बात इसी मई महीने की है। हम लोग मिर्जापुर में थे। पीछेवाले मकान में एक इंजीनियर साहब रहते थे। हम लोगों का आँगन एक ही था। बीच में सिर के बराबर ऊँची दीवार।" पत्नी बताती हैं, "महमूद का रोजा चल रहा था। उसे भोर में चार बजे सहरी देने के लिए तीन बजे ही चूल्हा जलाना पड़ता था।"

"रोजा?" मिसराइन टोकती हैं, "किसके रोजा-नमाज की बात कर रही हो?"

"इसी अपने महमूद की। गाय देखनेवाला लड़का है जो।"

"ई मुसलमान है?"

"लेव। आपको अबहीं तक यही नहीं मालूम?"

थोड़ी देर तक चुप्पी रहती है।

इस बीच महमूद किचन से मिसराइन के गिलास में दही लाकर उनके सामने रख जाता है। पत्नी आगे बोलती हैं, "हाँ, तो क्या कह रही थी मैं?...हाँ देखा कि इंजीनियर साहब के आँगन में लुप्प-लुप्प टार्च..."

अचानक मिसराइन आरोपित करनेवाले अन्दाज में बोलती हैं, "यह बात छिपाकर आपने अच्छा नहीं किया।"

पत्नी को समझने में थोड़ा समय लगता है, "कौन-सी बात?"

"यही कि आपका नौकर मुसलमान है।"

"इसमें छिपाने की कौन-सी बात है?" पत्नी थोड़ी नाराजगी दिखाती हैं, "रोज तो आपके सामने बीस दफे उसका नाम लेकर बुलाया जाता था—महमूद, महमूद। आप सुनती नहीं थीं क्या?"

"पता नहीं। मुझे तो 'महँगू' सुनाई देता था।"

लालबहू दरहम-बरहम करने का प्रयास करती हैं, "लड़का है तो वैसे साफ-सुथरा। स्वभाव का भी अच्छा है।"

"स्वभाव से क्या होता है जी? स्वभाव अच्छा है तो चौके में घुस जाएगा? 'मलिच्छ' होकर बर्तन-भाँडा छुएगा? सब कुछ 'भरभंड' करके रख दिया।"

"अरे, आजकल अब इतना नहीं देखा जाता बहन। आजकल होटल में तो पता नहीं कौन किस जाति का छुआ खा रहा है।" लालबहू फिर ठंडा छींटा मारने का प्रयास करती हैं।

लेकिन मिसराइन का मुँह लाल हो गया है।

"होटल की बात चौके में चलेगी? एतना संकर-बरन हो गए हैं हम लोग?"

"अपनी-अपनी मान्यता है।" लालबहू तनिक रुष्ट होकर कहती हैं, "हमारे घर में तो नहीं माना जाता यह सब।"

"आप क्यों मानेंगी? आप लोग तो खुद ही आधे मुसलमान होते हैं। लेकिन हमारा खानदान 'सरजूपारी' है।...और अयोध्या में रामलला की जन्मभूमि को 'भरिष्ठ' करनेवाले कौन हैं? इस समय चौतरफा आग लगानेवाले कौन हैं? इसी के बाप-दादे तो।...जाओ बहिन।" खड़ी होते हुए मिसराइन कहती हैं, "आपने धरम 'भरिष्ठ' करवाकर छोड़ा। हमें भी अपनी बराबरी पर उतारकर छोड़ा।"

"ऐं!" लगता है आखिरी बात से पत्नी को कुछ ज्यादा ही चोट लगती है।

"...तो हम लोग बहुत उतरे हुए, बहुत गिरे हुए लोग हैं?" वे भी बिफरकर खड़ी हो जाती हैं।

"जब आपके मिसिरजी उसी मलिच्छ से चोरी-चोरी क्लब में दारू मँगाकर पीते हैं तब आपका धरम भरिष्ठ नहीं होता? जब उसी मलिच्छ से आप चोरी-चोरी होटल से मछली मँगाकर चाभती हैं तब आपका धरम भरिष्ठ नहीं होता?"

फिर सीढ़ी के पास तक पहुँच चुकी मिसराइन को याद दिलाती हैं, "हई आपन गिलसिया लेती जाइए।"

"गिलसिया तू रखि लेव रोजा खोले बदे।" मिसराइन बिना मुड़े बोलती हैं और धम-धम करती सीढ़ियाँ उतर जाती हैं।

लेकिन पत्नी उनका दही से आधा खाली गिलास इस अन्दाज से साध कर फेंकती है कि मिसराइन के घर पहुँचने के पहले वह सड़क पार करता हुआ उनके बरामदे की सीढ़ियों पर गिरकर पूरा खाली हो जाता है।

लालबहू देर तक पत्नी को यकीन दिलाती हैं कि इस द्वन्द्व में निस्सन्देह जीत उन्हीं की हुई है।

आज रविवार है।

मैं आँगन की चारपाई पर पड़ा देर तक अखबार पढ़ता रह गया हूँ। ...कि अचानक गेट खुलने की आवाज आती है और पैर के पास सोया झबुआ भूँकते हुए बाहर की ओर भागता है।

आ गए। मैं सोचता हूँ और सचमुच पत्नी आकर बताती हैं, "शास्त्रीजी आए हैं। साथ में और कई लोग हैं।"

अकेले शास्त्रीजी का नाम ही मेरे लिए भयकारी हो गया है। साथ में कई और लोग! कहीं मन्दिर-निर्माण के लिए चन्दा माँगने तो नहीं आए? मैं इस मद में एक धेला भी देने के लिए तैयार नहीं था। उनके दिए हुए स्टिकर और पोस्टर भी मैंने नहीं चिपकवाए। कहीं कोने में पड़े होंगे।

पत्नी से कहता हूँ, "कह दो, कहीं गए हैं।"

"यही कहा था।" बोले, "झूठ न बोलिए। हमें मालूम है, वे घर में ही हैं। हम आप लोगों के भले के लिए ही आए हैं। मिलना जरूरी है।"

हमारे भले के लिए? कुछ न समझते हुए मैं ड्राइंग-रूम में आ जाता हूँ। वे आठ-दस लोग हैं। सभी खड़े हैं। कमरा लगभग भर गया है। मैं हाथ जोड़ता हूँ, "कहिए।"

"बहुत व्यस्त हूँ।" शास्त्रीजी बोलते हैं, "लेकिन मुहल्ले के असन्तोष को देखते हुए आना ही पड़ा।"

"ये सब आसपास के ही लोग हैं। अपने लोग।" शास्त्रीजी फिर कहते हैं।

मैं पहचानने की कोशिश करता हूँ।

एक जो दोहरे बदन और लाल आँखोंवाला था, दर्जी की झोपड़ी के बगलवाले हनुमान मन्दिर का पुजारी था। लम्बी जटा और दाढ़ी होने तथा रामनामी ओढ़े होने के बावजूद मगरूर लगता था। वह चौराहे के सरकारी कार्यालय में चपरासी है। कार्यालय की बाउंड्री वाल से सटाकर सड़क की जमीन में हनुमानजी की मूर्ति स्थापित करके इसी ने मन्दिर की नींव डाली थी। वेतन अब भी सरकारी खजाने से लेता है लेकिन सेवा में हनुमानजी की रहता है। बुरे ग्रहों के दुष्प्रभाव का शमन करने के लिए ठेके पर 'संकट मोचन' मंत्र का जाप करता है। दूसरा पास के सिनेमा हॉल के साइकिल स्टैंड का ठेकेदार था। कुछ दिनों पहले फैले आरक्षण-विरोधी आन्दोलन के दौरान एक लड़के को जबरदस्ती आत्मदाह कराने के आरोप में लड़के के बाप द्वारा लिखाई गई प्राथमिकी पर पकड़ा गया था। इन दिनों जमानत पर बाहर था। तीन लड़के चन्दा उगाहू गिरोह के थे। वे दशहरा, दीवाली, जन्माष्टमी, दुर्गा-पूजा, लक्ष्मी-पूजा, सरस्वती-पूजा से लेकर क्रान्ति दिवस, धर्म दिवस, जाति दिवस, शहीद दिवस और शिवरात्रि, नवरात्रि, कालरात्रि आदि के नाम पर चन्दे की रसीदें छपवाकर साल के बारहों महीनों, तीसों दिन अनुनय-विनय से लेकर घुड़की, धमकी, और छिनैती तक का सहारा लेते हुए चन्दा वसूली करते थे और शाम को देशी ठेका आबाद करते थे। एक बार विद्यार्थियों के आपसी झगड़े के दौरान हुई पुलिस की तलाशी में इनके कमरे से बत्तीस तरह की रसीदें और दर्जनों मोहरें बरामद हुई थीं। एक था जो कई बार जाली नोट के साथ पकड़ा गया था। ये शास्त्रीजी के 'अपने' कब से हो गए?

"इन लोगों को मुझसे क्या असन्तोष हो सकता है?"

"वही बताने आया हूँ।" शास्त्रीजी कहते हैं। फिर सीधे आँखों में आँखें डालकर प्रश्न करते हैं, "सुना है आपके घर काम करनेवाला लड़का मुसलमान है?"

"हाँ, है तो।"

"क्यों? आपको कोई हिन्दू नहीं मिला?"

एकदम अप्रत्याशित प्रश्न। और उतना ही बेतुका। तत्काल समझ में नहीं आता कि क्या कहूँ।

थोड़ा सोचने की मोहलत पाने के लिए मैं कहता हूँ, "आप लोग खड़े क्यों हैं? बैठिए तो।"

"हाँ-हाँ, बैठ लेते हैं।" शास्त्रीजी बैठते हुए बोलते हैं, "बैठ लीजिए आप लोग भी।"

एक-दो बैठ जाते हैं। बाकी खड़े रहते हैं।

मैं स्पष्ट करने का प्रयास करता हूँ, "दरअसल इस नजरिए से तो कभी सोचा नहीं। एक लड़का चाहिए था। जो मिल गया, रख लिया।"

"लेकिन गैर-जानकारी में ही सही, आपने अपनी आस्तीन में साँप पाल रखा है जो कभी भी आपको, आपके परिवार को डस सकता है। आप बाल-बच्चेदार आदमी हैं। आपके घर में सयानी होती लड़कियाँ हैं। वह बच्चा नहीं, बीस साल का 'मुसल्ला' है।"

"शास्त्रीजी! वह घर के बच्चे-जैसा ही है, और बचपन से है। उसमें ऐसा कोई ऐब नहीं है। आप तो खुद उसकी तारीफ करते हैं।"

"करता हूँ, नहीं, करता था। गैर-जानकारी में।"

पुजारी बोला, "वह पक्का नमाजी है। उसकी दोस्ती मुसलमान गुंडों और लफंगों से है। वह उनका 'भेदिया' है। मुहल्ले का भेद देता है।"

"वह मुसलमान है तो नमाजी क्यों नहीं होगा? बाकी सब बकवास है।"

"हमारे पास पक्के सबूत हैं।" साइकिल स्टैंड का ठेकेदार बोलता है, "हमारे संगठन के लोग पिछले एक हफ्ते से खुफिया तौर पर इसका पीछा कर रहे हैं। उसे मस्जिद के अन्दर दंगाइयों से साजिश करते देखा गया है।"

"मुझे आश्चर्य है कि आप लोग बेवजह तिल का ताड़ क्यों बना रहे हैं। आपकी

मंशा क्या है? उसे तो दम मारने तक की फुरसत नहीं मिलती। जुम्मे-जुम्मे नमाज अदा करने का वक्त भी बड़ी मुश्किल से निकाल पाता है।"

"देखिए मान्यवर।" शास्त्रीजी अपना स्वर रहस्यपूर्ण बनाते हैं। "चौराहेवाले दर्जी की दुकान की बैठकी तो आप रोज ही शाम को देख सकते हैं। दोपहर ढलने से सूरज डूबने तक आजकल अच्छा जमावड़ा हो रहा है। यह जब भी उधर से गुजरता है, बिना आधा-पौन घंटा रुके आगे नहीं बढ़ता।"

"यदि यह सच हो तो इसमें ऐसा क्या है सिर पटकने लायक। नाई उसका धर्म-भाई है। उसका हमउम्र है। मन्दिर-मस्जिद विवाद अपने चरम पर है। मेरे घर में इस मसले पर वह खुलकर बात नहीं कर सकता। वहाँ आते-जाते अपनों के बीच दो बोल बोल लेता होगा। दो बोल सुन लेता होगा। इसमें नुकसान क्या है?"

"नफा-नुकसान का पता तो उस दिन चलेगा जिस दिन सुबह पता चलेगा कि उसने आपके पूरे परिवार को जहर देकर सुला दिया और घर का मालमत्ता लेकर..." यह चन्दा वसूली गिरोह का मुखिया था, जो बड़ी देर से सिर को टेढ़ा किए, वक्र दृष्टि से घूरे जा रहा था। "हमारे पुरखों ने बड़े अनुभव के बाद ही लिखा है—

*कूकुर पानी पिये सुड़क के*
*तबौ न मानै बात तुरुक के।*

कुत्ता जीभ से लपर-लपर पानी पीता है न। वह आदमी की तरह सुड़ककर पीने लगे। ऐसा असम्भव सम्भव हो जाए, तब भी तुरुक की बात का विश्वास न कीजिए। एकदम अविश्वसनीय।

"अरे, आप चार-पाँच बार मुसलमान-मुसलमान कहें फिर अपना मुँह सूँघें। कितना बदबू करने लगता है। उबकाई आने लगती है।"

इतनी गलीज, इतनी संकीर्ण मानसिकता। मन हुआ, सबको धक्के देकर बाहर निकाल दूँ। मगर जब्त कर गया। उलझने से बात बिगड़ेगी। किसी तरह हटाना ही ठीक है।

मैं शास्त्रीजी की ओर उम्मीद से देखता हूँ। फिर कहता हूँ, "इसका मतलब तो यह हुआ शास्त्रीजी कि दस-पन्द्रह करोड़—जितने भी मुसलमान हैं इस देश में कोई

यकीन के काबिल ही नहीं है। पूरे विश्व की आधी से ज्यादा आबादी मुसलमानों की है। आधी दुनिया ही यकीन के लायक नहीं बची।"

"वे हमारे विश्वास के काबिल नहीं हैं। हिन्दुओं के।"

"ऐसा आप किस आधार पर कह रहे हैं? आपको मालूम है? हल्दीघाटी के युद्ध में महाराणा प्रताप की घुड़सवार सेना का प्रधान मुसलमान और अकबर का प्रधान सेनापति हिन्दू था। इसी अयोध्या में हिन्दू मन्दिरों के प्रबन्धक मुसलमान थे और वर्तमान में हैं।"

"होंगे। अपवाद हर जगह होते हैं। मैं आम मुसलमान की बात कह रहा हूँ और ऐसा कहने का आधार है। ठोस आधार।" शास्त्रीजी कुरते की जेब से अपनी डायरी निकालते हुए कहते हैं, "आपने शंका जाहिर की है तो समाधान करना मेरा फर्ज बन जाता है। वैसे भी अब लिबरी-चुपरी बतलाने का समय नहीं रहा। वक्त आ गया है कि आर-पार की बात कर ली जाए...अरे कहाँ चला गया?" वे पन्ने-दर-पन्ने पलटते हैं, "हाँ, सुनिए। उनके धर्म-ग्रन्थ कुरान में उनके पैगम्बर ने साफ-साफ 'डिकलेयर' कर दिया है—आज से हजार बरस पहले कि निस्सन्देह काफिर इस्लाम के खुले दुश्मन हैं। उन्होंने चेतावनी दी है कि खबरदार! काफिरों को अपना मित्र मत बनाओ। ललकारा है कि इस्लाम में ईमान लानेवाले, उन काफिरों से जंग करो जो तुम्हारे आसपास हैं।"

"मुझे इसकी कोई जानकारी नहीं। किस जगह दर्ज है यह सब?"

"नोट करिए।" शास्त्रीजी डायरी से पढ़ना शुरू करते हैं, "पाँच बटे चार बटे एक सौ एक। ग्यारह बटे नौ बटे चार सौ तेईस। छह बटे पाँच बटे सत्तावन..."

"यह पाँच बटे चार बटे क्या चीज है?"

"वही अध्याय-श्लोक जैसी चीज होगी। उनके यहाँ क्या होती है—आयत? वही सब।...वह भी पूछकर बता दूँगा। अभी तो इतना ही सर्कुलेट किया गया है। शायद उन्होंने सोचा हो कि 'एतनेहूँ पर करिहहि जे शंका...' इसलिए ज्यादा बताने की जरूरत नहीं समझा। लेकिन असली चीज जो बताना चाहता हूँ यह है कि विश्व की आधी आबादी ऐसे ही मुसलमान नहीं हो गई। इसके लिए कई करोड़ लोग काटे भी गए हैं। काफिरों का नामोनिशान मिटाने के लिए सालों-साल मुहिम चलाई गई है।...और काफिर हमारे लिए ही कहा गया है। उनके लिए जो मुसलमान नहीं हैं।...और आप कहते हैं—अच्छा बच्चा है। घर का बच्चा है।"

पुजारी बीच में कूदता है, "गोसाईंजी ने कहा—वायस पालिए अति अनुरागा। होय निरामिष कबहुँ कि कागा।"

"बन्धुओ, विद्वानो! मुझे नहीं पता कि तुलसीदासजी ने यह चौपाई मुसलमानों के लिए लिखी है। मुझे यह भी नहीं पता कि कुरान में कहाँ क्या लिखा गया है? आप लोगों ने सारे धर्म-ग्रन्थों को पढ़ा है यह खुशी की बात है। आपके लोग विभिन्न धर्म-ग्रन्थों के 'उपयोगी' अंश सर्कुलेट करते हैं यह और भी खुशी की बात है। मैं तो शास्त्रीजी, खास करके आपसे यह कहना चाहता हूँ कि आप पढ़े-लिखे हैं। शहर के प्रतिष्ठित और बुद्धिजीवी नागरिक माने जाते हैं। साहित्य परिषद के मंत्री हैं। अन्तर्राष्ट्रीय क्लब के प्रेसिडेंट हैं। आप जरा ठंडे दिमाग से सोचें कि किसी व्यक्ति या समुदाय के बारे में कोई निर्णय हजार साल पहले लिखी गई किसी किताब के उद्धरण के आधार पर लेना उचित है या उस व्यक्ति या समुदाय के आज के आचार-व्यवहार और क्रियाकलाप को स्वयं देख-परखकर। जरा यह भी तो सोचिए कि उस समय मुसलमानों का संघर्ष हिन्दुओं से था कि यहूदियों से। आप क्या इस तरह गोलबन्द होकर इसलिए हुज्जत करने आए हैं कि मैं एक वफादार लड़के को मात्र विधर्मी होने के चलते अपने घर से निकाल बाहर करूँ?"

"बिलकुल यही। यही कहने आए हैं हम लोग।" तीन-चार लोग एक स्वर में बोलते हैं।

"क्योंकि हमें आपकी और अपने मोहल्ले की सुरक्षा की चिन्ता है।" शास्त्रीजी जोड़ते हैं।

इस बीच महमूद आठ-दस कप चाय लाकर रखता है और कमरे के बाहर जाकर पर्दे की आड़ से हमारी बातें सुनने लगता है। पर्दे के नीचे से उसके पैर दीख रहे हैं।

वह क्या सोच रहा होगा?

सोचकर मुझे गुस्सा आ जाता है।

"तो कान खोलकर सुन लें, आप लोग फौरन दफा हो जाएँ। वह लड़का इस घर से कतई नहीं जाएगा। किसी कीमत पर नहीं।"

बैठे हुए लोग भड़ककर खड़े हो जाते हैं।

सन्नाटा!

फिर दरवाजे की ओर बढ़ते हुए पुजारी कहता है, "चलिए।...लेकिन एक दिन हमारी सलाह का महत्त्व आपकी समझ में जरूर आएगा।"

"भगवान करे वह दिन शीघ्र आए।" कोई पीछे से बोलता है।

शास्त्रीजी बाहर निकलने से पहले समझदार होने का प्रदर्शन करते हैं, "हमारे मनीषियों ने बहुत सूक्ष्म निरीक्षण के बाद कहा है—

*तिल गुड़ भोजन तुरुक मिताई*
*पहिले मीठ, पीछे करुआई,*

यह जो मीठा-मीठा लग रहा है न अभी, पीछे पता देगा।"

गेट के बाहर निकलते हुए चन्दा वसूली गिरोह के मुखिया का स्वर उभरता है—"लेकिन यह बात साफ हो जानी चाहिए कि हम लोग अपने मोहल्ले में पाकिस्तानी एजेंट बर्दाश्त नहीं करेंगे।"

मैं ड्राइंग-रूम का दरवाजा बन्द कर लेता हूँ और सिर थामकर बैठ जाता हूँ।

इतने प्रचारकों की फौज खड़ी हुई। काश, कुछ विचारक भी होते। इतना जोर साम्प्रदायिक उन्माद फैलाने में लगाया जा रहा है। काश, इसे वर्ण-व्यवस्था के उन्मूलन में लगाया जा सकता।

पत्नी आ गई हैं। बच्चे आ गए हैं। सभी सन्न हैं।

बच्चों के आते समय पर्दा थोड़ा-सा हटता है। देखता हूँ कि महमूद अन्दर के बरामदे में निर्विकार बैठा खाना खा रहा है

बहुत छोटा था, जब महमूद इस घर में आया था। उसके अब्बा ने सौंपते हुए कहा था—'ले जाइए, जिस लायक है, खटेगा। दो रोटी खाएगा और पड़ा रहेगा। बड़ा हो जाएगा तो कहीं हिल्ले से लगा दीजिएगा। अपना पेट पालेगा। आपका गुन गाएगा।'

लम्बे परिवार का बोझ सँभालने में असमर्थ उसके बूढ़े पंगु बाप के स्वर में कितनी लाचारी थी। कितनी उम्मीदें समाई थीं उसकी आँखों में।

कितने बरस बीत गए इस बात को। घर के अन्य बच्चों-जैसा ही एक बच्चा बनकर रहता आया। वही खाना, वही पहनना। न कोई भेदभाव न दुराव-छिपाव। दीवाली के दिन अन्य बच्चों के साथ पटाखे फोड़ता रहा। दीयों और मोमबत्तियों की पंक्तियाँ सजाता रहा। बल्बों की झालरें लटकाता रहा। जन्माष्टमी के दिन उँगली पर मिट्टी का गोवर्धन सजाता रहा। रमजान के महीने में पत्नी उसकी सहरी के लिए बड़े सवेरे हलुआ और पूए बनाती रहीं। ईद में बेटा दुपल्ली टोपी लगाए उसके साथ साइकिल के आगे बैठकर ईदगाह जाता रहा।

गाँव से आने पर पिताजी पूछते, "खाना रोज खाते हो कि जुम्मे-जुम्मे?"

"रोजाना, तीनों टेम।" महमूद कहता।

"तो मालिक की इबादत जुम्मे-जुम्मे ही क्यों? रोज तीनों टेम क्यों नहीं?"

और वह खीस निकाल देता।

...कि अचानक यह कैसी शुरुआत? धर्म के नाम पर घर के बँटवारे की। अभी तक अपने यहाँ मुहल्ले धर्म या जाति के आधार पर नहीं बसते थे। हर जगह खिचड़ी थी। इसलिए मजबूत रक्षा-पंक्ति बनाने, किलेबन्दी करने में कठिनाई आ रही है। लेकिन अब यह शुभ कार्य शुरू होनेवाला है, यह देखकर 'वे लोग' जरूर खुश हो रहे होंगे।

दरअसल हिन्दू-मुसलमान के खेमे में बाँटकर देखने की परम्परा ही नहीं रही अपनी। मेरे पड़ोस के गाँव में एक घर है—पुराना। सौ-सवा सौ साल पुराना होगा।

कच्ची मिट्टी की दीवार और खपरैल की छाजन में यही सुभीता रहता है। कभी छाजन कमजोर हो गई, चूने लगी। छाजन बदल दी गई। कभी कोई दीवार कनर गई। उसमें मिट्टी लगा दी गई। 'लोना' लग गया। गिराकर नई दीवार खड़ी कर दी गई। और मकान चलता चला जा रहा है—सौ साल, डेढ़ सौ साल। ऐसा ही एक पुराना मकान। विशाल आँगनवाला। आँगन में ही कुआँ। मकान के पश्चिम है मस्जिद और पूरब की तरफ मन्दिर। इस घर के पुरखे सात भाई थे। किसी लड़ाई में हार जाने पर तीन भाइयों के मुँह में जबरदस्ती गाय की हड्डी डाल दी गई। वे धरम गँवा बैठे। मुसलमान हो गए। बाकी चार भाई जो लड़ाई में नहीं गए थे, हिन्दू बने रहे। मकान का बँटवारा हो गया। दक्षिण-पश्चिम के आधे भाग में मुसलमान भाई। उत्तर-पूरब के आधे में हिन्दू। आँगन का पुस्तैनी कुआँ साझा। एक उत्तर

तरफ लगी गड़ारी से पानी भरते, दूसरे दक्षिण तरफ से। एक-दूसरे के शादी-ब्याह, मुंडन-छेदन, कुर्बानी-मुसलमानी और तीज-त्योहार में पट्टीदारों की तरह ही शामिल होते रहे। यह इसी वर्तमान की बात है। कल की।

दिनोंदिन कितना विकृत, कितना असहिष्णु होता चला गया हमारा 'धरम' कि महर्षि विश्वामित्र के आश्रम में बछिया खाकर पंडित ज्ञानी वसिष्ठ तृप्त होते हैं। कृतार्थ होते हैं। महाराज रन्तिदेव के यहाँ जिन अतिथियों के लिए प्रतिदिन दो हजार गायें काटी जाती हैं, जिनके चमड़े और खून से बुन्देलखंड की चर्मण्वती नदी बह जाती है, उनमें से एक भी विधर्मी नहीं होता, त्याज्य नहीं माना जाता और कालान्तर में समाज के ज्यादा प्रबुद्ध हो जाने पर धोखे या जबरदस्ती से गाय की सूखी हड्डी मुँह में चले जाने भर से भाई हमेशा-हमेशा के लिए भाई से अलग हो जाता है। 'उनका' हो जाता है। क्योंकि 'वे' हारे हुए दुश्मन को भाई बनाते रहे और हम हारे हुए भाई को दुश्मन। आज उन भाइयों के पास भी कोई-न-कोई शास्त्री, कोई-न-कोई मौलवी पहुँच रहा होगा। वेद-पुराण और कलमा-कुरान का हवाला दे रहा होगा। मुसलमान भाइयों को काफिर भाइयों से लड़ने के लिए उकसाया जा रहा होगा। हिन्दू भाइयों को घर में घुसी बाबर की नस्लों का सफाया करने की सौगंध दिलाई जा रही होगी। मिलकर होली-दीवाली और ईद-बकरीद मनानेवाले, अजान देने और घड़ी-घंटा बजानेवाले भाई एक-दूसरे के विरुद्ध खड़े होने के लिए तैयार किए जा रहे होंगे। कब तक नहीं खड़े होंगे?

शहर में अस्थि-कलश आया है।

खुली ट्रक के पीछे तख्त रखकर मंच बनाया गया है। उस पर केशरिया कपड़ों की पृष्ठभूमि में रखे हैं—विशाल लाल घड़े! माल्यार्पित। चन्दन खचित।

अस्थि-कलश भेजने में पूरी तत्परता दिखाई जा रही है। जैसे ही खबर पहुँचती है—अमुक गाँव के रामगरीब और घसीटे नाम के दो राम भक्त पन्द्रह दिन बाद भी वापस गाँव नहीं पहुँचे, उनके अस्थि-कलश रवाना कर दिए जाते हैं। इन अस्थि-कलशों में उन राम भक्तों की अस्थियाँ कितनी होती हैं यह प्रश्न ही निरर्थक है। हमारे

पड़ोसवाले गाँव के एक महंथजी दक्षिण भारत में गंगा-जल वितरित करने जाते थे। जिस क्षेत्र के साथ भगीरथजी ने अन्याय किया था, उन्हें न्याय देने। 'गंगा चली भक्तों से मिलने' कार्यक्रम के अन्तर्गत। हर साल दशहरे के दिन वे हाथी पर गंगा-जल का 'सागर' लादकर प्रस्थान करते हैं और वर्षा ऋतु आने तक अनवरत वितरण करते। गंगाजी की ऐसी महिमा कि आठ-नौ महीने लगातार वितरण के बावजूद 'सागर' एक बूँद भी खाली न होता। वापसी में महंथजी को यह जल किसी नदी-पोखर में खाली करना पड़ता। उनसे भी कभी किसी ने प्रश्न नहीं किया होगा-सागर के जल में गंगा-जल का क्या प्रतिशत है? यही स्थिति अस्थि-कलश के सम्बन्ध में भी है। यहाँ भी प्रश्न 'अस्थियों' का नहीं, 'आस्था' का है। इसलिए तर्कातीत है।

कुछ विद्वेषी अफवाह फैला रहे हैं कि इसी त्वरित और सुलभ व्यवस्था के चलते हुए राम भक्तों को खुद अपने अस्थि-कलशों पर माल्यार्पण का सौभाग्य मिल रहा है। लौटने में देरी के चलते घर के लोग चिन्तित होते हैं—कहीं अयोध्या गोलीकांड में मरे राम-भक्तों में उनके रामभरोसे और घसीटे भी तो नहीं? पूछताछ करते हैं। पूछताछ ऊपर 'पास-आन' की जाती है। और अगले दिन उनका अस्थि-कलश उनके गाँव में। उधर रामभरोसे और घसीटे पास का पैसा खत्म हो जाने, सवारी न मिल पाने या बुखार आ जाने के चलते पन्द्रह दिन विलम्ब से अपने गाँव पहुँचते हैं तो उनका सौभाग्य इन्तजार कर रहा होता है, उनके अपने अस्थि-कलश पर उनके अपने ही करकमलों द्वारा श्रद्धा-सुमन अर्पित करने का।

सवेरे से अस्थि-कलश शहर के विभिन्न हिस्सों में घूम रहा है। श्रद्धालु माथा टेक रहे हैं। श्रद्धांजलि अर्पित कर रहे हैं। आडियो-कैसेट पर साथ-साथ अयोध्या के गोलीकांड का आँखोंदेखा हाल सुनाया जा रहा है। जहाँ अन्य शहरों में कर्फ्यू लगने के हालात पैदा होते जा रहे हैं, यहाँ अभी तक शान्ति थी। आज वातावरण में तनाव, आशंका और आक्रोश की गन्ध फैल रही है। नदी के उस पार मुस्लिम-बहुल इलाके में अघोषित कर्फ्यू की स्थिति पैदा हो गई है। दुकानें बहुत कम खुली हैं। सड़कों पर सन्नाटा है।

नदी के इस पार हम लोगों के मुहल्लेवाले हिस्से में ज्यादातर सरकारी कार्यालय, बस स्टेशन, रेलवे स्टेशन और सरकारी कर्मचारियों की कॉलोनी है। इस पार आक्रोश चरम सीमा पर है। लोग चाय-पान की दुकानों पर दस-दस, पाँच-पाँच के झुंड में बहस कर रहे हैं। भविष्यवाणियाँ कर रहे हैं।

हमारे मुहल्ले के निकासवाले चौराहे पर भी आज रोज से ज्यादा भीड़ है। अस्थि-कलश का रथ अभी घंटा-भर पहले इसी चौराहे से होता हुआ शहर से बाहर गया है। इसके तुरन्त बाद किसी खिसकढ़े आदमी की पिटाई हुई है। उसने किसी राम-भक्त से पूछ लिया था—सुनते हैं आपकी पार्टी सत्ता में आई तो हनुमान चालीसा को राष्ट्र-गान घोषित कर देगी।

अँधेरा धीरे-धीरे उतर रहा है।

महमूद सब्जी का झोला साइकिल के हैंडिल में टाँगे बाजार से लौट रहा है। चौराहे की चाय की दुकान पर खड़े लड़कों में से एक लपककर उसकी साइकिल का हैंडिल खींच लेता है—रुक बे, कटुए।

महमूद गिरते-गिरते बचता है। साइकिल से उतरते ही लड़कों से घिर जाता है। हैंडिल खींचनेवाला लड़का गुर्राता है, "साले, हिन्दुओं के मुहल्ले में क्या करने जा रहा है?"

दूसरा कहता है, "झोले की तलाशी लो साले की। जरूर बम छिपाए होगा।" वे झोले में झाँकते हैं।

महमूद बताता है, "यह साहब का सामान है। मैं उनके घर काम करता हूँ।"

"तुम साले उसके दामाद हो?"

दूसरा पीछे से कॉलर पकड़कर खींच लेता है।

साइकिल गिर जाती है। आलू-बैंगन इधर-उधर बिखर जाते हैं।

एक उसके बाल पकड़कर हिलाता है और दूसरा दो हाथ लम्बा त्रिशूल उसके गले पर अड़ाकर पान से लाल मुँह टेढ़ा करके कहता है, "बोल साले, जै सिरी राम!" भीड़ जुटने लगती है।

"बोलता है कि यही त्रिशूल तेरी..."

भय से महमूद की आँखें चित्ती कौड़ियों की तरह फैल जाती हैं।

"पैंट खोल साले की।"

"बोल, राम हमारे बाप हैं।"

"अल्ला अकबर पाप हैं।"

"नहीं बोलेगा? तेरी माँ की..."

धम-धम-धम। लात-मुक्के बरसने लगते हैं। वह नीचे गिर जाता है।

"मुर्गा बन साले। बन मुर्गा।"

वह फौरन मुर्गा बन जाता है।

तभी साइकिल के पीछे दूध का बाल्टा लटकाए एक नौजवान दूधिया आकर रुकता है। शायद चायवाले को दूध देता होगा। साइकिल के दोनों तरफ पैर टिकाकर वह अभी ठीक से खड़ा भी नहीं हो पाता कि एक लड़के की नजर उस पर पड़ती है। वह आवाज देता है, "ऐ दूधवाले। इधर सुन।"

दूधिए को इस तरह 'रेरी' मारकर बुलाया जाना नागवार लगता है। वह बिना नीचे उतरे जबान ऐंठकर पूछता है, "का है?"

लड़का इतनी भीड़ को साथ पाकर सुरूर में है। अभी थोड़े दिन पहले आरक्षण-विरोधी आन्दोलन के दौरान इसी चौराहे पर उसने एक दूधिए को जबरदस्ती रोककर उसका दूध लड़कों को पिला दिया था। इस गँवार देहाती भुच्च का अकड़ना उसे अपनी शान में गुस्ताखी-जैसा लगता है। वह लपककर दूधिए का हैंडिल पकड़ता है, "उतर नीचे।"

बाकी लड़के भी उसे घेर लेते हैं। इस बीच मौका पाकर महमूद साइकिल उठाकर भाग खड़ा होता है।

"क्यों रे। मैं तुझे 'मुसल्ले' की सवारी कराना चाहता था और तू अकड़ता है।"

दूधिए की समझ में कुछ नहीं आता। वह नीचे उतर आता है। साइकिल बाल्टे के सहारे टिक जाती है। हैंडिल का पकड़ा जाना ही उसे भड़काने के लिए काफी था। साथ ही उसे अपने दूसरे दूधिए भाई का हश्र भी याद आया होगा। वह लपककर हैंडिल पकड़नेवाले लड़के के थोबड़े पर एक भरपूर झापड़ थाप देता है।

बाकी लड़के हाथापाई शुरू करते हैं तो वह चायवाले की झोपड़ी से एक बाँस खींचता है और भाँजने लगता है। लड़के भाग चले हैं। भाग रहे लड़कों में से एक मोटे बेडौल को वह पीछे से कॉलर पकड़कर झटका देता है। किसी सेठ महाजन का लड़का है। कई पीढ़ियों की मलाई उसकी गोल-मटोल देह में 'दलदल' कर रही है। झटका खाकर भद्द से नीचे गिरता है तो दूधिया उसकी छाती पर चढ़ बैठता है। वह घिघियाने लगता है। आसपास के लोग हँसने लगते हैं। दूधिए का गुस्सा नरम पड़ जाता है। बाकी लड़कों का कहीं पता नहीं। वह छाती पर से उठते हुए बड़बड़ाता है—जो बारहो बरन की जनमभूमि है, जिसके लिए सचमुच मोर्चे पर

कटना-मरना पड़ता है, वहाँ जाते गाँड़ फाटती है। वहाँ करें-मरें हम औ ये ससुर नकली जनमभूमि के नाम पर फिरी का दूध पीने निकले हैं। जिस जनमभूमि से निकले हैं अभी उसकी दरार भी नहीं भरी होगी ठीक से। पता नहीं वह जमाना कब आएगा जब इन ससुरों की फौज में जबरिया भर्ती शुरू की जाएगी। वहाँ गोली हमारे भाई-बन्द खाते हैं। बहन-बेटियाँ हमारी राँड़ होती हैं। और ए ससुरे करोड़ों का माल चूतर के नीचे दबाए दिन-भर गद्दी पर बैठे पर्र-पर्र पादा करते हैं...

महमूद बदहवास-सा घर पहुँचता है।

पत्नी सुनती हैं तो वे भी घबरा जाती हैं।

यह तो कुशल हुई कि भीड़ का ध्यान दूसरी तरफ मुड़ गया। वरना उसके साथ कोई भयानक हादसा भी हो सकता था। लग रहा था कि शहर का माहौल अगले कुछ दिनों में ज्यादा खराब होगा। हमने तय किया कि शहर के हालात सामान्य होने तक महमूद को घर से बाहर नहीं जाने दिया जाएगा।

रात एक बजे का समय रहा होगा। थोड़ी देर पहले ही झपकी आई थी।...कि अचानक शोरगुल सुनकर नींद खुल जाती है। मैं बाहर निकल आता हूँ। फाटक से दिखता है, सामने चौराहे पर आग लगी है। ललौंछ पीला प्रकाश यहाँ तक आ रहा है। इक्का-दुक्का लोग भागे जा रहे हैं। शोरगुल तेज होता जा रहा है।

मैं लपककर महमूद को जगाता हूँ। एक-एक बाल्टी लेकर हम लोग भी दौड़ते हैं। आग नाई की झोपड़ी में लगी है। चारों तरफ से धू-धू करके जल रही है। जलते हुए बाँसों के पोर गोले की तरह दग रहे हैं। ऊँची-ऊँची लपटें।

औरों के साथ हम दोनों भी पानी फेंकने लगते हैं। पास की पानी टंकी के आपरेटर ने ट्यूबवेल चला दिया है।

लेकिन फूस की आग का क्या तो जलना और क्या बुझना।

सब राख हो गया। किवाड़ अभी तक सुलग रहे हैं।

चायवाला बताता है—दरजी अन्दर ही रह गया है। आग लगी तो कुछ देर तक चीख रहा था।

अरे! लोग लपकते हैं।

यह क्या। दरवाजे की कुंडी तो बाहर से बन्द है।

सड़क के खम्भे की पीली रोशनी में झोपड़ी के अन्दर का दृश्य बड़ा बीभत्स है। बूढ़ा दरजी बीच झोपड़ी में औंधे मुँह पड़ा है। ऊपर से गीली राख। खूँटी पर टँगे जले-अधजले कपड़े। साइकिल, जिसके टायर-ट्यूब और सीट जलकर राख हो चुके हैं। सिलाई मशीन की बॉडी से थोड़ा-थोड़ा धुआँ निकल रहा है।

दरजी को टाँगकर बाहर लाया जाता है। चेहरा झुलस गया है। खोपड़ी जलकर काली पड़ गई है। पीठ के अधजले कपड़े शरीर से चिपक गए हैं। साँस अभी चल रही है।

कुंडी बाहर से लगाई गई थी—जानकर भयानक चुप्पी छा जाती है। लगता है सबके हाथों में खून लग गया है।

तभी पुलिस की जीप आ जाती है।

एक दरोगा और चार सिपाही उतरते हैं।

जीप चालक जीप की हेड लाइट झोपड़ी पर केन्द्रित करता है। वे दरजी के शरीर का निरीक्षण करते हैं। हिलाते-डुलाते हैं। फिर झोपड़ी के अन्दर घुसते हैं। धुएँ से काली नंगी दीवारें।

दरोगा बाहर आता है। सिपाही अधजले कपड़ों की जेबें टटोलते हैं।

"क्या नाम है इसका?" दरोगा पूछता है।

"पता नहीं। लोग 'मास्टर' कहते हैं। इसके लड़के का नाम जौवाद है।"

"मुसलमान है?"

"हाँ जी।"

"ओ!" दरोगा मुँह गोल करता है, "आग कैसे लगी?"

"पता नहीं। लेकिन कुंडी बाहर से बन्द थी।"

दरोगा झोपड़ी के पास तक जाकर सिपाहियों से कुछ कहता है। जीप-चालक जीप मोड़कर पीछे का गेट खोल देता है।

चारों सिपाही दरजी के अधजले शरीर को उठाकर जीप के अन्दर फेंकते हैं—धप्प। फिर हाथ झाड़ते हुए अन्दर घुसते हैं। दरजी का पैर घुटने से मोड़कर लम्बाई कम करते हैं। और फाटक बन्द कर लेते हैं।

जीप में बैठने से पहले दरोगा धमकाता है, "आग ठीक से बुझा दो और भाग जाओ। कर्फ्यू लगनेवाला है।"

सवेरे जगने के साथ पता चलता है कि नदी के उस पार मुस्लिम-बहुल इलाके में कर्फ्यू लग गया है। अखबार बता रहे हैं कि रात दोनों सम्प्रदायों के बीच जमकर पथराव, छुरेबाजी और बमबारी हुई है। मुस्लिम-बहुल इलाके के तीन घर जलकर राख हो गए हैं। कुछ दुकानें जली हैं। कुछ के लूटे जाने की खबर है। अखबारों में छपे फोटो बता रहे हैं कि सड़कें टूटे काँच की बोतलों और मिट्टी, रोड़ों से पटी पड़ी हैं।...इनमें दरजी की झोपड़ी या दरजी के जलने का कोई समाचार नहीं है।

अन्य स्थानीय समाचार जानने की उत्सुकता में टहलता हुआ चौराहे तक आ जाता हूँ। यह क्या? दरजी की झोपड़ीवाला स्थान एकदम साफ है। न कहीं जले हुए बाँस न फूस की राख। जमीन पर कहीं-कहीं काले दाग हैं, जिन्हें पीली मिट्टी लीपकर धुँधला कर दिया गया है। झोपड़ीवाली जगह पर दो चौकियाँ जोड़कर उस पर कम्बल बिछाए बैठा हनुमान मन्दिर का पुजारी लोटे में चाय पी रहा है। हनुमानजी ने रातोंरात दरजी की झोपड़ीवाली जमीन को अपने परिसर में मिला लिया था।

चाय की दुकान से पता चलता है कि बूढ़े दरजी को अस्पताल ले जाने के लिए उसका बेटा थाने गया था। उसे भी थाने पर बैठा लिया गया है। शहर में हुई आगजनी में वह भी नामजद किया गया है। मैं अन्दर-ही-अन्दर घबराने लगता हूँ। कहीं महमूद को भी न नामजद करा दिया गया हो।

लौटने पर पत्नी पूछती हैं, "कुछ पता चला, आग किसने लगाई थी?"

"हनुमानजी ने।" मैं धीरे से कहता हूँ। "लेकिन खबरदार! किसी से कहना नहीं। देवता का मामला है।"

पत्नी अवाक् रह जाती हैं।

इसी तरह मैं अवाक् रह गया था, जब एक बार मेरे एक ईसाई मित्र ने हँसते हुए पूछा था—कैसा है आपका धर्म जिसमें साझे की पत्नी को दाँव पर लगानेवाला 'धर्मराज' होता है। गर्भवती पत्नी को जंगल में निष्कासित कर देनेवाला 'भगवान' कहा जाता है।

दोपहर एक बजे से शास्त्रीजी के दरवाजे पर भीड़ इकट्ठी होने लगती है। दो-ढाई बजे से शंख-घड़ियाल बजने लगते हैं। नारे लगने लगते हैं—

*हर-हर महादेव।*
*जिस हिन्दू का खून न खौले*
*खून नहीं वह पानी है।*
*... ... ...*
*खून की नदी बहानी है।*

तीन बजे के लगभग यह भीड़ सड़क पर आ जाती है। आगे-आगे राम-नामी चादर को चारों कोने पर पकड़े चार राम-भक्त। उनके पीछे बाजेवाले। फिर बाकी लोग। छोटे-छोटे बच्चे और महिलाएँ भी। हनुमान मन्दिर का पुजारी इस्लाम के खिलाफ, मुसलमानों के खिलाफ और वर्तमान मुख्यमंत्री के खिलाफ तथा राम और राम-मन्दिर के समर्थन में नारे लगवाता रहा। भाषण देता रहा। न खौलनेवाले खून को पानी सिद्ध करता रहा। मन्दिर वहीं बनाने की जिद दोहरवाता रहा। शास्त्रीजी इसके लिए दिल खोलकर दान देने की अपील करते रहे और मुहल्ले के हर दरवाजे पर रुककर चन्दा वसूलते रहे। रसीद देते रहे।

यहाँ से सिर्फ एक कि.मी. दूर नदी के उस पार के आधे हिस्से में कर्फ्यू लगा है लेकिन बाजे-गाजे के साथ हुल्लड़ करनेवाले इन लोगों को मना करने पुलिस नहीं आती।

मैं मेन गेट में ताला डलवा देता हूँ। फिर भी घबरा रहा हूँ कि उत्तेजित त्रिशूलधारी भीड़ किसी भी क्षण मेरा दरवाजा पीटते हुए चिल्लाएगी—बाहर निकालो उस कटुए के बच्चे को।

महमूद को एहतियातन सुरक्षित स्थान पर छिपा देता हूँ और इन्तजार करता हूँ। लेकिन मेरे दरवाजे पर न कोई चन्दा माँगने आता है न नारा लगाने। देर रात आशंकित-आतंकित रहने के बाद हम लोग महमूद को बुलाकर खाना खिलाते हैं और सो जाते हैं।

जनार्दन तिवारी।
यही नाम है सुदर्शन के बड़े भाई का।

मुझे अपने बड़े भाई को सौंपकर निश्चिंत हो गया है सुदर्शन! सुदर्शन मेरे कार्यालय में बाबू है। उसे बेटा पैदा हुआ है जिसकी बरही के उत्सव में मुझे अपने गाँव लेकर आया है। पक्की सड़क से पन्द्रह-सोलह कि.मी. दूर नदी के किनारे बसे इस गाँव में आकर मैं बहुत उत्साहित हूँ। बहुत दिनों बाद देखने को मिला है प्रकृति की गोद में बसा ऐसा हरा-भरा गाँव। गाँव के पूरब बल खाती गुजरती नदी।

आधी रात के बाद तक लोग खाते-पीते रहे। इसके चलते रात काफी देर से सो पाया। लेकिन सोया तो एक ही नींद में सुबह।

नदी के किनारे जाड़ा भी कम लगता है।

एक कम्बल। उसकी जरूरत भी आधी रात के बाद पड़ी।

सवेरे-सवेरे जनार्दन ने मुँह पर से कम्बल हटाया, "सिंह साहब चाय!"

कल आने के साथ ही सुदर्शन ने मेरे कान में डाल दिया था, "सर!" बिना आपसे पूछे आपके नाम में 'सिंह' जोड़ दिया है मैंने।"

"क्यों?" मैंने आँखों ही आँखों में पूछा था।

"सर, इससे बहुत सारे व्यर्थ के सवालों से बच जाऊँगा मैं। इधर केवल क्षत्रियों के नाम में सिंह लगता है। इससे लोग बार-बार आपकी जाति जानने के लिए परेशान नहीं रहेंगे। आपको तो इससे कोई असुविधा है नहीं। पश्चिम में तो सभी 'सिंह' लगाते हैं। यहाँ बिना जाति जाने कोई आगे कदम नहीं बढ़ाता।"

मैं उठकर बैठ जाता हूँ।

"इतने सवेरे आपने इतनी तकलीफ की।"

"इसमें कैसी तकलीफ। दूसरों को तकलीफ नहीं देता। खुद बनाता हूँ।"

मैं चाय का प्याला लेकर उनके पीछे-पीछे उनकी किचन तक चला आता हूँ। दालान के किनारे बनी कोठरी ही उनका किचन, स्टोर रूम, पुस्तकालय, डिस्पेंसरी आदि सभी कुछ है। लकड़ी की बनी टाँड़ पर कई तरह की चाय की पत्तियाँ, चीनी, प्रज्ञा-पेय, लसोना अदरक, काली मिर्च आदि की शीशियाँ। एक तरफ होम्योपैथी की दवाइयों की छोटी-सी टिन की रैक और मेटेरिया-मेडिका। दूसरे कोने में पुस्तकोंवाली लकड़ी की अलमारी।

मैं चाय पीते हुए अलमारी खोलता हूँ।

'हंस' का ताजा अंक नीचे गिर पड़ता है।

'सरस्वती' के अंकों की बाइंडिंग, गीता, रामायण, पुराण। 'चाँद' का फाँसी अंक! शरत्चन्द्र। प्रेमचन्द और रेणु।

"साहित्य से काफी अनुराग है आपको?"

वे मुस्कुराते हैं।

चाय खत्म करके हम निवृत्त होने के लिए नदी की ओर चलते हैं।

बहुत दिनों बाद स्वयं को खुले में अनावृत्त करने का रोमांच मिलेगा।

"काफी बड़ा आयोजन किया आपने भतीजे के जन्म की खुशी में।"

"सिंह साहब, पचीस वर्षों बाद पुरखों की इस ड्योढ़ी पर किसी बच्चे के रोने की आवाज गूँजी है। सुदर्शन हुआ था। उसके बाद अब उसका यह बेटा!"

"यह बात है।"

सुदर्शन ने बताया था, "भैया के कोई बाल-बच्चा नहीं हुआ। माँ-बाप बचपन में ही...। भैया-भाभी ने ही पाला।"

जनार्दनजी बताते हैं, "अभी पिछले साल लगते फागुन ही तो विवाह हुआ था इसका।"

मैं जोड़कर देखता हूँ, "दस महीने भी पूरे नहीं।"

यानी सुहागरात में ही 'स-फल' हुई बहू।

मैं मुस्कुरा पड़ता हूँ। देखकर जनार्दनजी भी खुश होते हैं, "नदी-तट अच्छा लग रहा है आपको?"

मैं स्वीकारता हूँ।

निपटकर आता हूँ तो वे पूछते हैं, "आपको तो गरम पानी में नहाने की आदत होगी।"

"नहीं, नहीं। मैं भी यहीं नहाऊँगा।" दातून कूँचते हुए कहता हूँ।

उस पार आधा कि.मी. पर केलों, पपीतों और बँसवारी का झुरमुट दिख रहा है—भरा-भरा। उसके बीच में तीन झोपड़ियाँ। लम्बे बाँसों में फहराती तीन सफेद पताकाएँ।

किसी भाग्यवान का आवास होगा। प्रकृति की गोद के मध्य! मैं सोचता हूँ।

जनार्दनजी पास चले आते हैं। बिना पूछे ही बताते हैं, "एक बाबा की कुटी है। बाबा पागलदास!"

अचानक साथ के लड़के को याद आता है। वह पूछता है, "चाचा! आज तो पाले का भाषण भी है, कुटी पर।"

"कि कैंसिल हो गया?"

"रनवीरपुर वाले तो कैंसिल कराने के लिए गए थे लेकिन बबवा नहीं माना। जिद पकड़ लिया कि पाले का 'सत्संग' जरूर होगा। इसके चलते जो कुछ हो।"

"किसका भाषण?"

"एक गायक है। गा-गाकर भाषण देता है। अपने को समाज-सुधारक कहता है। उसके बारे में प्रचार हो गया है कि हिन्दू धर्म और सवर्णों के खिलाफ बोलता है। उसी का भाषण।"

मैं भी साहस करके पानी में उतर पड़ता हूँ।

"चाहें तो हम लोग चलकर कुटी तक टहल आएँ।" कपड़े बदलने के बाद कहता हूँ।

यहाँ से वहाँ तक का रास्ता बहुत अच्छा लग रहा है। बीच-बीच में खिले सरसों के पीले फूल।

लगता है मेरे प्रस्ताव को सुनकर तिवारीजी असमंजस में पड़ गए हैं।

"आपको कोई दिक्कत हो तो मैं अकेले ही टहल आता हूँ।"

"नहीं, दिक्कत खास कुछ नहीं! बात यह है कि बाबा छोटी जाति के हैं। उनके चेले भी छोटी जाति के हैं इसलिए हम लोग कभी जाते नहीं वहाँ। कोई मनाही नहीं है। बस एक अदृश्य आत्मवर्जना! वे लोग भी शायद हम लोगों के जाने से असुविधा महसूस करें। खुश भी हो सकते हैं। वैसे पिछले दिनों तो रामवादी पार्टी के लोग कई बार गए हैं कुटी पर। अयोध्या चलने के लिए भी निमंत्रित करने गए थे।...आइए घुमा लाएँ।"

बहुत रमणीक है कुटी।

साफ-सुथरी, लिपी-पुती।

एक तरफ तीन-चार गायें बँधी हैं। थोड़ी दूर पर असली नस्ल के दो बैल बँधे पागुर कर रहे हैं। उनके गले में बँधी घंटियाँ रह-रहकर टुनटुना जाती हैं। पागुर करते बैल भी सन्त-महात्माओं की तरह लगते हैं। लगता है, काफी खोज के बाद मिली है यह जोड़ी। एक लाल, दूसरा काला लेकिन दोनों के माथे पर सफेद बालों का तिलक।

एक लाल नन्हा बछड़ा पूँछ उठाकर इस सिरे से उस सिरे तक दौड़ लगा रहा है।

सामने की ओर छोटा किन्तु निर्मल जल वाला पोखर है। हरे चौड़े पत्तों के बीच खिले हैं लाल और श्वेत कमल।

देखकर पवित्रता जागती है मन में।

पागलदास खुद ही निकलकर बाहर आते हैं, "आइए। आइए!"

अजीब बात! न जनार्दनजी बाबा को प्रणाम करते हैं न बाबा जनार्दनजी को। मैं बाबा को प्रणाम करता हूँ। बदले में बाबा भी आश्चर्यसहित हाथ जोड़ते हैं।

एक चेला पुआल से बनी दो गोनरी अन्दर से लाकर आम के पेड़ के नीचे बिछा आता है।

चेहरे पर स्वागत का भाव लाकर कहते हैं बाबा, "आइए, विराजिए!"

हम लोग गोनरी पर बैठते हैं।

"हमारे लायक सेवा बताएँ।"

"ये सिंह साहब मेरे छोटे भाई के दफ्तर के साहब हैं। भतीजे की 'बरही' में आशीर्वाद देने आए हैं। नदी से आपकी कुटी देखी तो मुग्ध हो गए। देखने चले आए।"

"बड़ी खुशी की बात है। थोड़ा-थोड़ा 'परसाद', ग्रहण करेंगे?"

"जरूर!" मैं कहता हूँ।

वे आवाज देकर एक चेले से 'परसाद' मँगवाते हैं।

मिट्टी की छोटी प्याली में पँजीरी और कुल्हड़ में चरणामृत-जैसा पेय।

मैं ग्रहण करता हूँ।

जनार्दनजी भी ग्रहण करते हैं, थोड़ी हिचकिचाहट के साथ। साथ आया लड़का पहले ही कहीं हट गया है, प्रसाद ग्रहण करने से बचने के लिए।

बाबा बताते हैं—कुल सात मूर्तियाँ (लोग) रहते हैं—कुटी पर। बाहर के साधु भी आते रहते हैं। कुटी की जमीन है—तीन बीघे। उसी की पैदावार से खाते हैं। भजन-कीर्तन से समय निकालकर हर मूर्ति रोज दो-तीन घंटा रस्सी बँटने और गोनरी बनाने का काम भी करता है। जिसे बेचकर ऊपर का खर्च निकाला जाता है। भीख नहीं माँगते हमारे सम्प्रदाय में। कबीर साहब के विचारों के पास पहुँचने की कोशिश रहती है।

भिक्षा न माँगनेवाले साधु। आश्चर्य! पहली बार देख-सुन रहा हूँ।

दो साधु बाँस में लादकर जाजिम लाए हैं। पूछते हैं, "कहाँ रखा जाएगा।"

"आज कोई कार्यक्रम है यहाँ?" मैं पूछता हूँ।

"हाँ! हम लोगों के समाज में एक समाज-सुधारक उभरे हैं। जागरण का काम कर रहे हैं। धर्म के ऊपर उन्हीं का 'सतसंग' होगा आज।"

"सुनते हैं वे जहाँ-जहाँ बोलने जाते हैं, फौजदारी हो जाती है।"

"वे खरी-खरी कहते हैं। कुछ लोग नहीं बर्दाश्त कर पाते। अफवाह भी बहुत फैलाई जाती है उनके खिलाफ। हम तो अरदास करेंगे कि आप लोग भी आवें। खुद ही देख-सुनकर फैसला करें।"

हम लोग विदा लेते हैं। चलते हुए बाबा तीनों लोगों को एक-एक लाल कमल भेंट करते हैं, "जरूर आइएगा।"

रास्ता कुटी के पिछवाड़े से है।

आड़ पाकर मैं लघु शंका के लिए बैठता हूँ। तभी किसी चेले की जिज्ञासा उभरती है, "क्या करने आए थे लोग?"

"आए थे दरसन-परसन करने।" बाबा का स्वर।

'दरसन-परसन करने कि जासूसी करने।' पोपले मुँह से निकला एक नारी-स्वर उभरता है, "आप कुछ बूझते भी हैं। आज तक नहीं आए कभी। आज ही आने का 'मुहूरत' बना था।"

बाप रे! सुनकर रोयें खड़े हो जाते हैं।

वापसी में बताते हैं जनार्दनजी, "नए-नए विचारों को सुनने की मेरी भी बड़ी इच्छा रहती है। अब हो सकता है कुछ बदलाव आया हो। पहले तो बड़ा भड़काऊ भाषण देता था यह समाज-सुधारक।"

"आपने सुना है?"

"दो बार। एक बार तहसील के मैदान में चार साल पहले और एक बार अभी कुछ महीना पहले।...गन्ना चूसेंगे?"

"इतने सवेरे?"

"दस बज रहे हैं। नुकसान नहीं करेगा।"

वे बगल के खेत से दो गन्ने तोड़ते हैं। एक मुझे देकर बताना शुरू करते हैं, "...पहले पाले तहसील में चपरासी था। सन् '85 वाले चुनाव की घटना है।...इस जिले में एक मंत्री हुए हैं—बाबू गुलाब सिंह। उन्हीं दिनों दलितों और शोषितों की

अपनी पार्टी धूमकेतु की तरह उदित हुई थी। इस पार्टी ने विधान-सभा के चुनाव में मंत्रीजी के खिलाफ अपना उम्मीदवार खड़ा कर दिया। प्रचार के दौरान छोटी जातियों में इतना जबरदस्त 'एका' देखने को मिला कि मंत्रीजी घबड़ा गए। जीत की आशा जाती रही। सत्ता में थे। सो पोलिंग के हफ्ता भर पहले उस उम्मीदवार के बीसों कार्यकर्ताओं को रातों-रात पकड़वा लिया। बड़ा हल्ला-गुल्ला मचा। लेकिन पुलिस प्रशासन उनकी मुट्ठी में था। कुछ नहीं हुआ। पकड़े गए कार्यकर्ता पोलिंग के बाद ही छूटे। उसमें भी तीन कार्यकर्ताओं का पता ही नहीं चला। ये तीनों उस क्षेत्र में उभरते हुए युवा थे जो भविष्य में मंत्रीजी के लिए चुनौती बन सकते थे। मंत्रीजी चुनाव जीत गए। फिर मंत्री बन गए। उनके शपथ लेने के हफ्ते भर बाद तीनों कार्यकर्ताओं की सड़ी-गली लाशें नदी से बरामद हुईं। जबरदस्त प्रदेशव्यापी आन्दोलन छिड़ा। जनाक्रोश को देखते हुए मंत्रीजी के खिलाफ तो नहीं, उनके लोगों के खिलाफ हत्या का मुकदमा दर्ज हुआ। यह पाले भी उन बीसों अपहृत कार्यकर्ताओं में से एक और उस मुकदमे में गवाह था। छूटने के बाद उसने इस घटना पर एक गीत रचा—

*गुलाब गंध से गँधाता है जिला मेरा*
*शुरू होता है भंडा फोड़ सिलसिला मेरा*

"इस गीत में उसने चुनाव में हुई धाँधली और गुलाब सिंह की ज्यादतियों तथा भ्रष्टाचार का भंडाफोड़ किया था। जगह-जगह सभाएँ करके वह इस गीत के माध्यम से गुलाब सिंह के विरुद्ध जनमत तैयार करने लगा। एक घंटे तक चलनेवाला गीत। उसकी आवाज में ऐसा जादू है और इस गीत में इतना दर्द और आक्रोश भरा था कि पब्लिक बिना खाँसे-छींके घंटों सुनती। इसी गीत के चलते मंत्रीजी पिछला मध्यावधि चुनाव हार गए। उनके विरोधी उम्मीदवार ने इस गीत के कैसेटों से पूरा चुनावक्षेत्र पाट दिया था।"

नदी पार करते हुए तिवारीजी कहते हैं, "गजब की कवित्व शक्ति है उसमें! और व्याख्या भी अद्‌भुत करता है। दूसरी बार फिर सुनने को मिला सन् '85 वाले मुकदमे का फैसला सुनाए जाने के बाद। मंत्रीजी के लोग बाइज्जत बरी कर दिए गए थे। इस जीत की खुशी में मंत्रीजी ने अपनी गाँववाली कोठी पर विशाल भोज दिया और अखंड रामायण पाठ करवाया। इस पाठ का सम्पुट क्या रखा, जानते हैं?

'सम्पुट' नहीं जानते? अखंड पाठ में प्रत्येक दोहे के पहले और बाद में पढ़ने के लिए एक अर्द्धाली चुनी जाती है। वही है सम्पुट। मंत्रीजी ने पता नहीं क्या सोचकर अपने पाठ का सम्पुट रखा—'समरथ को नहिं दोष गुसाईं। रवि पावक सुरसरि की नाईं॥' समरथ को कोई दोष-पाप नहीं लगता। फैसले से भी यही सिद्ध हुआ था और वे शायद पब्लिक को भी इसे याद करा देना चाहते थे। और किसी ने इसे याद किया हो या नहीं लेकिन पाले ने याद कर लिया और अपने कार्यक्रमों में इसकी व्याख्या करने लगा कि मंत्रीजी अपने लोगों के लिए 'सुरसरि' हैं। उनके लोग चाहे जितना जघन्य अपराध करें, उनकी शरण में चले जाएँगे। और सारे दोष पाप से मुक्त हो जाएँगे। दूसरी ओर हम लोगों के लिए वे रवि और पावक हैं। हमारा-आपका घर-दुआर, खेती-बारी, बाल-बच्चे जलाकर राख कर देंगे। काटकर नदी में फेंक देंगे। कहता—उनके कौवे सुरसरि में नहाकर पिक हो जाते हैं। उनके बगुले हंस हो जाते हैं। फिर वही कौए-बगुले हमारे पिकों और हंसों को कौए-बगुले सिद्ध करते हैं।

भाषण खत्म करके पूछता—"क्या अगले चुनाव में भी आप उन्हें समरथ बनाने जा रहे हैं?"

और पब्लिक हाथ उठाकर कहती—'हरगिज नहीं।'

मैं बड़ी देर तक चुप रह जाता हूँ। फिर पूछता हूँ, "अच्छा वे कौन-सी बातें हैं जिनके चलते फौजदारी की नौबत आ जाती है।"

"जैसे कहता है—सवर्ण अपराधियों की आपराधिक आयु असवर्ण अपराधियों की तुलना में चार गुनी और असवर्ण अपराधियों का इनकाउंटर सवर्णों की तुलना में चार गुना होता है...इसी तरह की बहुत-सी बातें..."

घर पहुँचकर तिवारीजी चाय बनाने के लिए फिर स्टोव जलाते हैं।

"अब चाय छोड़िए।" मैं कहता हूँ।

"अभी शायद नाश्ते में देर है।" वे कहते हैं, "तब तक यही सही।" वे कोठरी के कोने से कुल्हड़ निकालते हैं। मेरी नजर उधर जाती है, तीन-चार सौ कुल्हड़।

"इतने कुल्हड़ किसलिए?"

"सवेरे की चाय के अलावा, बाकी दिन की चाय इन्हीं कुल्हड़ों में पीता हूँ। गाँव में ही मिल जाते हैं। पीजिए और फेंकिए। धोने-धुलाने का चक्कर नहीं। दिन-भर कौन कप धोए। कभी-कभी छोटी जाति के मिलने-जुलनेवाले लोग भी आ

जाते हैं। उनके पीकर जाने के बाद कप धोते हुए हमारी श्रीमतीजी बहुत भुनभुनाती थीं। इसलिए यह व्यवस्था। महीने भर में पी गई चाय की गिनती भी हो जाती है।"

इस बार वे प्रज्ञा-पेय बनाते हैं।

बताते हैं इसे गायत्री पीठ हरिद्वार से मँगाया है।

यह जानकर कि हम लोग कुटी से होकर लौटे हैं, कुछ लोग समाचार लेने के लिए आ जाते हैं।

एक अधेड़ सज्जन पूछते हैं, "क्या पता चला? सचमुच उसका प्रोग्राम पक्का है?"

"है, तो?"

"लड़के कह रहे हैं कि नहीं होने देंगे।"

"लेकिन क्यों? हम लोग वहाँ जाएँगे ही क्यों? वह उनका कार्यक्रम है। हम लोगों को वहाँ बुलाया भी नहीं गया है।"

"लेकिन विरोध में तो हमारे ही हो रहा है।"

"नहीं, बाबा कह रहा था कि वह धर्म पर बोलने आ रहा है।"

"ऐसा होगा तो हम झगड़ा नहीं करेंगे। सुनेंगे।"

"टंटा मत खड़ा करिए। जाओगे तो कुछ-न-कुछ करोगे जरूर। फिर हरिजन बनाम सवर्ण का मुकदमा कायम होगा। बँधे-बँधे घूमोगे।"

बड़ी देर तक विचार-विमर्श होता है। अन्त में यह कहकर नवयुवकों को शान्त किया जाता है कि दस-पाँच दरीना लोग जाएँगे। ऐसे लोग जो उसके गलत बोलने पर उसकी बोलती बन्द करने की काबिलियत रखते हैं।

नवयुवक सन्तुष्ट नहीं लगते। वे कहीं चले गए हैं। अलग से विचार-विमर्श करने।

एक बजे के लगभग हम लोग खा-पीकर निकलते हैं। आठ लोग। सभी अधेड़! प्रौढ़।

शंका है कि नौजवान लोग आगे-पीछे पहुँचकर कहीं कुछ गड़बड़ न कर बैठें।

कुटी से बीस-पचीस हाथ आगे बढ़कर चार तख्त जोड़कर मंच बनाया गया है। ऊपर चाँदनी तनी है। वैसे दिसम्बर की धूप बहुत बुरी नहीं लग रही है।

सामने के मैदान में पाँच-छह आम के पेड़ हैं। जो चाहे धूप में खड़े होकर सुने, जो चाहे छाया में। जाजिम दोनों जगह बिछे हैं।

इतनी दूर पैदल चलकर आने में पसीना चुहचुहा आया है। इसलिए हम लोग आगेवाले आम के पेड़ के नीचे खड़े हो जाते हैं।

हम लोगों को देखकर कुछ नजरें आश्चर्य से उठती हैं। कुछ आँखों में शंका भी है।

मंच पर हैं बाबा पागलदास, लोकगायक पाले। एक वृद्धा सधुआइन। शायद पागलदास की घरवाली हों। पीछे की ओर ढोलकिया तथा मजीरा-हारमोनियम और झाँझ बजानेवाले। ठीक पीठ पीछे दो सहयोगी गायक।

पाले का चेहरा काफी भव्य है। खिचड़ी लम्बी दाढ़ी और चौड़े गलमुच्छे। सिर पर सफेद साफा। सफेद कमीज-धोती। कद भी काफी लम्बा। ऊँची लम्बी नाक और चमकती हुई आँखें। उम्र पचास से कम नहीं लेकिन शरीर गठा और पतला। बाबा पागलदास और सधुआइन भी सफेद कपड़ों में।

हजार-डेढ़ हजार की भीड़ हो गई है। आने का सिलसिला जारी है। पाले के साथ अंगरक्षक के रूप में चलनेवाले पचीस-तीस लोग मंच के चारों तरफ लाठी सहित बैठे या खड़े हैं। इनके अलावा पचास-साठ और स्वयंसेवक हैं, जो भीड़ में चारों तरफ फैलकर उन्हें सिलसिले से बैठा रहे हैं।

हलो! हलो!—मिस्तिरी माइक ठीक करता है।

बाबा पागलदास खड़े होकर हाथ हिला-हिलाकर लोगों से शान्ति से रहने की अपील करते हैं। फिर बोलना शुरू करते हैं—

"साईं के बन्दो! आज का दिन इस कुटी के लिए यादगार दिन रहेगा जो आज भक्तराज पालेजी महाराज हमें धरम की राह दिखाने के लिए यहाँ पधारे हैं।...हम तो भगोड़े और स्वार्थी हैं। काहें कि करतब करने, जूझने से डरे। भागकर इस चोले में शरण लिये। इसलिए भगोड़े! और परलोक की चाहना में पड़े तो स्वार्थी। पालेजी सच्चे परमार्थी! देश-जाति के हित के लिए निकल पड़े हैं। इसलिए हुए भक्त-राज। उनकी बानी आप सब सुनें और अपने-अपने अन्तर मा गुनें। एक बात का खुलासा सकल गुरुभाई और सुन लें कि यह सतसंग अपनी आत्मा की शुद्धि के लिए है। किसी से बैर-विरोध बढ़ाने के लिए एकदम नहीं..." वे रुककर भीड़ का रुख परखते हैं। एकदम शान्ति।

तभी मेरे पीछे से कोई कूट करता है, "इहौ सरवा खँजड़ी बजाते-बजाते फुटानी छाँटना सीख गया।"

कुछ लोग गुस्से में उधर घूरते हैं। किसने कहा, पता नहीं चलता।

अब पाले खड़ा होता है। बाबा पागलदास और सधुआइन को बन्दगी करता है फिर उपस्थित श्रोताओं को।...

"भाइयो! छोटे-बड़े, अमीर-गरीब, पेड़, रूख, नदी, पोखर सबको मेरी बन्दगी। ...अभी-अभी आपने अयोध्याजी में अजबै नजारा देखा। धरम का हाहाकार। ...कुछ लोग हमारे धरम का रोजगार करने निकल पड़े। हमारे भाई लोगों को बलि चढ़ाने का रोजगार। जैसे बलि देने के पहले बकरे को टीका लगाते हैं वैसे ही वे हमारे माथे पर धरम का टीका लगाने के लिए गाँव-गाँव घूमने लगे ताकि हम धरम के नाम पर मूँड़ कटाने में आनाकानी न करें। तो हमें अपने भाइयों को सावधान करने के लिए निकलना पड़ा। हम लड़ाई-झगड़ा और फौजदारी करने के लिए नहीं निकले हैं। हम सारी बात बेद-पुरान और कलमा-कुरान से परमान देकर बोलते हैं। धरम का रोजगार नई बात नहीं है। इस रोजगार में मुनाफा बढ़ाने के लिए जमकर मिलावट की गई है।

"जैसे सुल्तानपुर के राधे बनिया का मिलावटी सरसों का तेल खाकर सैकड़ों लोगों की आँखें फूट गई थीं वैसे ही इस मिलावटी धरम से हमारे 'सत्त' की आँख फूट रही है। राधे बनिया तो अभी तक जेल में बैठा चक्की पीस रहा है लेकिन...ए धरम के ठेकेदार बाहर रहकर अभी भी माल-पुआ चाभ रहे हैं। तो हमसे रहा नहीं गया, सहा नहीं गया। हम निकल पड़े हैं। कुटी पर आए हैं अन्तर का उजियारा प्राप्त करने। अन्तर में उजियार भयौ तब साँच कि झूठ पर्‌यो लखि आपै। इसी अन्तरजोति से हम असली और मिलावटी को परखेंगे।...हमें जानना है कि धरम क्या है? फिर...मिलावट क्यों है? मिलावट क्या है? करने वाले कौन हैं? 'राधे बनिया' के खानदान वालों को कैसे पहचाने?

"धरम क्या है? हिन्दू है? मुसलमान है? न...न...न...। फिर? हमें बताइए गुरु का धरम क्या है? चेले का धरम क्या है? बाप का धरम? बेटे का धरम? गृहस्थ का धरम? साधू का धरम...तो धरम माने ड्यूटी। करतब! हमारे धरम में मिलावट हो गई। वह जहरीला हो गया। पूछिए किसने किया मिलावट और क्यों? मेरे अपने

सगे छोटे भाई ने किया। स्वार्थ के लिए किया। अपने को मुझसे बड़ा बनाने के लिए किया। मेरा सबसे छोटा भाई पढ़-लिखकर साहब बन गया। मैंने पढ़ाया-लिखाया। कपड़ा दिया। किताब दिया। स्कूल जाता तो मेरा पैर छूकर जाता। साहब हो गया तो अकेले होने पर तो पैर छूता। कोई और रहता तो न छूता। बाद में शहर से स्टेशन पर उतरता तो चाहता कि उसका बिस्तराबन्द मैं ही ढोकर ले चलूँ गाँव तक। दस साल में इतना बड़ा साहब हो गया कि मुझे ही प्रणाम करना छोड़ दिया। अब मैं ही प्रणाम करता हूँ उसे। वह झेंपता नहीं। खुश होता है। डरता हूँ कि चार-छह साल में मुझे चार आदमी के सामने अपना भाई मानने से ही इनकार न कर दे।...तो क्या यही है छोटे भाई का धरम? उसने धरम में मिलावट कर दिया।"

"बोलता तो चौचक है ही।" मेरे बगल में कोई कहता है।

"विश्वास नहीं होता कि नीच जात है? चेहरे पर इतना तेज! यह नाक-नक्श!" दूसरा फुसफुसाता है।

"आँखों की चमक देखिए।"

"जरूर किसी ऊँची जाति का बीज है। नीच जाति का खून इतना फड़केगा?" दोनों दबी हँसी हँसते हैं।

"बीज-दान करते समय इसके बाप छिनरे ने सोचा भी न होगा कि अपने लोगों के लिए कंटक बो रहा है।"

"चुप रहो जी। जरा सुनने दो।"

मैं देखता हूँ, सवर्णों की संख्या भी कम नहीं है भीड़ में। सुनने की उत्सुकता उन्हें भी खींच लाई है। खासकर युवकों को।

भीड़ बढ़कर ढाई-तीन हजार हो गई है।

"...धरम में मिलावट की कुछ बानगी देखिए...कहा गया करम प्रधान विश्व रचि राखा। जो जस करइ सो तस फल चाखा। चौपाई तो बाद में लिखी गई। बात बहुत पुरानी है और सोलह आना पक्की।...लेकिन स्वार्थी लोगों, हराम की खानेवालों ने इसमें एक पूँछ लगा दी—पिछले जनम की। पिछले जनम में जो करम किए हों उसका फल इस जनम में और इस जनम के करम का फल अगले जनम में। अब वे झूठ दगाबाजी करके इस जनम में आपकी कमाई खाकर डकारें और आप अगले जनम का इन्तजार करें। आप पिछले जनम का बहीखाता लेकर नहीं पैदा

हुए लेकिन वे अपना बाँधकर लाए हैं। 'फराडिया' लोगों ने पुनर्जन्म की धोखे की टट्टी खड़ी कर दी। जो जस करइ का 'महातम' गया रसातल में।"

मैं भीड़ पर नजर दौड़ाता हूँ। स्त्रियाँ और बच्चे भी कम नहीं हैं। स्वयंसेवकों के लिए उन्हें सँभालना मुश्किल हो रहा है। धूप क्रमशः उतर रही है और पेड़ों के नीचे खड़ी भीड़ धूप में जा रही है। धक्का-धुक्की बढ़ रही है। मेरा कन्धा पकड़कर तिवारीजी कहते हैं, "आइए उधर पीछे टीले पर दिखेगा भी साफ और धूप भी देर तक रहेगी।"

"...हमारी आबादी कितनी है? नब्बे करोड़। और हमारे देवी-देवताओं की? बानबे करोड़। छत्तीस कोटि देवता और छप्पन कोटि भवानी। एक-एक आदमी के कन्धे पर एक-एक मुफ्तखोर सवारी गाँठे है। देवता कौन? मुफ्तखोर! जो हल की मुठिया नहीं थामता। कमाते हैं हम। भोग लगाता है वह। हम खटने के लिए पैदा हुए हैं और वे भोगने के लिए। और देवी-देवता भी कैसे-कैसे? कोई गुरु की पत्नी पर चढ़ बैठता है तो कोई अपनी सगी बेटी पर...थू-थू! इससे बढ़कर मिलावट, इससे ज्यादा गिरावट और क्या होगी?"

"देखा न।" सफेद मूँछ और घुटे सिरवाला एक अधेड़ दूसरे से कहता है, "आ गया न अपनी लाइन पर।"

"तब्बै न मारके दाँत तोड़ दिया है लोगों ने। आगे के दोनों दाँत देखिए। नकली हैं।"

"अच्छा! किसने तोड़ा?"

"परतापगढ़ वालों ने। वहाँ भी ऐसे ही बकर-बकर बोल रहा था। देवी-देवताओं के खिलाफ। ऊँची जातियों के खिलाफ। लोगों ने पकड़कर लतियाना शुरू कर दिया।"

"तब से परतापगढ़ का रास्ता भूल गया होगा।"

"तब से अब बीस-पचीस लोग साथ लेकर चलता है।"

"सुनते हैं..."

"ए भाई! बहुत बोल रहे हैं आप लोग। इतना ही बात करने का शौक है तो बाहर निकल जाइए।" एक स्वयंसेवक आकर टोकता है।

"सरऊ!" उसके जाने के बाद वे घूरते हुए कहते हैं।

"...सुबह-शाम आरती-कीर्तन करना और घड़ी-घंटा बजाना किसका धरम है? पुजारी का। अगर पुजारीजी कहें कि घर का काम-काज छोड़कर हमारे साथ

चलिए महीने-भर अयोध्या में घंटा बजाने तो यह धरम होगा कि अधरम? महीने-भर वहाँ घंटा बजाओगे तो यहाँ बाल-बच्चे क्या खाएँगे। बाबाजी का घंटा? और पुजारी कैसे-कैसे? जो खुद कभी किसी मन्दिर का घंटा नहीं बजाए। जो साँझ होते ही अपनी आलीशान कोठियों में 'दै मुर्गा, दै दारू, दै मेहरारू' का मंतर जपना शुरू करते हैं।...जिस मुरदे के घर से समसान घाट कोस-भर हो उसे वहाँ पहुँचाने के पहले सौ कोस का चक्कर लगवाना धरम है कि अधरम? हमारे जिन भाइयों ने धोखे से इस मिलावटी धरम का सेवन कर लिया उनका मन मैला हो गया है। किसी-किसी का जहरीला हो गया है। अच्छा-बुरा, हित-अनहित पहचानने की नजर जाती रही है। साईं के अमरित बचन रूपी पोखर में हम इस जहरीले मैले मन को धोने के लिए निकले हैं..." वह ढोलकिए पर तिरछी नजर डालता है।

*धमक धमक धम*
*धमक धमक धम*
*झैंयक झैंयक...*
*"अरे, धोबी भइया मितवा हमार मन धोइ दे*
*धोबी भइया मितवा...*
*अरे, धरम की लदनी, पखंड का गदहा*
*साईं के दुअरवा विमल एक पोखरा*
*मोर मन कहै मोका ओही मा चभोइ दे*
*धोबी भइया मितवा हमार मन धोइ दे..."*

भाषण से कई गुना असर इस गीत का हुआ है। पब्लिक ताली बजाकर साथ दे रही है।

सहसा मेरे बगल से वही घुटे सिरवाले अधेड़ चिल्लाते हैं, "अब नहीं सुना जाता। यह हिन्दू धरम का ही कलेजा है कि जो मन में आ रहा है बोलते चले जा रहे हो। दूसरे धरम के बारे में इस तरह बोलते तो अभी तक जीभ काटकर हाथ पर रख दी गई होती।"

"कौन है यह आदमी? किसने इसे बुलाया।"

"जिसको नहीं सुनना, बाहर जाए।"

"जो सभा-बिगार करेगा, वह लात-जूता खाएगा।"

बहुत सारे लोग खड़े होकर चिल्लाने लगे हैं।

तिवारीजी कहते हैं, रामवादी पार्टी के सक्रिय कार्यकर्ता हैं। अपनी बुराई पर चुप कैसे रह सकते हैं?

"शान्त रहिए। शान्त रहिए।" पाले सबको शान्त करता है, "सवाल किया है तो जवाब मिलेगा। बिना सवाल-जवाब के कैसी सभा?...बड़के बाबूजी। जीभ काटने की कौन कहे मौका मिलने पर हमारा मूँड़ तक काटने से पीछे नहीं रहे हैं आप लोग। और आगे भी अगर मौका मिला और ताकत बची रह गई तो काटने से चूकेंगे नहीं। किसकी-किसकी बताएँ? राहु की बताएँ कि केतु की? कि शम्बूक की? कि कल की ताजी घटना एकलव्य की। सिखाया-पढ़ाया एक दिन नहीं और दक्षिणा में कटवा लिया पूरा अँगूठा। यह मूँड़ काटने से कम है? यही है गुरु का धरम? नीच-से-नीच, महानीच जाति हमारी कहते हो। और नीच से भी नीच, महानीच काम तुम्हारा।"

"बसुधैव कुटुंबकम की भावना भी हमारी ही है।" बूढ़ा फिर चिल्लाता है।

एक नौजवान बीच से उठकर चिल्लाता है, "खबरदार जो अब बीच में कोई बोला। पकड़कर बाहर कर दिया जाएगा। यहाँ शास्त्रार्थ नहीं हो रहा है।"

"शान्त-शान्त। यह भी सुनिए। इस नारे से ऊँचा कोई दूसरा नारा शायद ही हो दुनिया में। लेकिन अपने पुरखों के इस नारे में भाई लोगों ने ऐसी मिलावट की कि एक से बढ़कर हम साढ़े चार हजार हो गए। साढ़े चार हजार जातियाँ। इसमें भी सैकड़ों तो ऐसी जिनकी परछाईं पड़ने मात्र से निर्जीव लोटा, थारी, कूप, बावड़ी तक अपवित्र हो जाएँ। जितनी जाति-पाँति और छुआछूत बसुधैव कुटुंबकम का नारा देनेवालों ने फैलाया।...इनके आदमी तो आदमी, देवी-देवता और भगवान तक जातिवादी हैं। आज से नहीं अनादि काल से। जब उन्होंने केवल दो जातियाँ गढ़ी थीं अपनी यानी देवता और परायी यानी राक्षस। हम उनके लेखे राक्षस हैं। एक भगवान हुए हैं विष्णु। कहने को पूरी दुनिया के पालनकर्ता हैं, लेकिन हैं केवल देवताओं के हितैषी। उनके अपने ही ग्रन्थों के अनुसार सारे देवता राक्षसों की लात खाते ही राँड़ की तरह रोते विष्णु के पास पहुँचते हैं और विष्णु उनके लिए राक्षसों के खिलाफ बड़े-से-बड़ा छल करने से भी बाज नहीं आते। इसके लिए वे पद-कुपद नहीं देखते।

सही-गलत नहीं देखते। देवताओं का राजा है इन्द्र। और इन्द्र का चरित्र जगजाहिर है। अश्वमेध यज्ञ के घोड़े चुराता है। तपस्वियों की तपस्या भंग करने के लिए अपने दरबार में सन्दिग्ध चरित्र की औरतें पालता है। ऋषियों-मुनियों तक की घरवालियाँ नहीं बच पातीं उससे। इस काम के लिए न दिन देखता है न रात। न बूढ़ी देखता है न जवान। और जगप्रसिद्ध दानी राक्षस राजा बलि का राज धोखे से हड़पकर किसे देते हैं विष्णु? उसी व्यभिचारी इन्द्र को। कहीं ऐसा भी लिखा है कि राक्षसों पर कोई मुसीबत पड़ी हो और विष्णुजी दौड़े चले आए हों? कहीं नहीं। भूलकर भी नहीं।"

"आ गया अपनी औकात पर?" एक नौजवान गुस्से में फुंकारता है, "आज दवाई कर दी जाए।" वह गुस्से में भीड़ से बाहर जा रहा है।

"...कहते हैं हमारे भगवान समदर्शी हैं। बहुत सही। जब पोथी में होते हैं तो समदर्शी होते हैं। जब पोथी में होते हैं तो छुआछूत नहीं मानते। हम अपनी मेहरारू का जूठा नहीं खाते। वे शबरी भिल्लिन का जूठा खा लेते हैं। जब पब्लिक में भाषण देते हैं तो उनके मुँह से 'बसुधैव कुटुंबकम' के फूल झड़ते हैं। लेकिन व्यवहार में क्या होता है? जरा चकाचकजी के शब्दों में सुनिए—"

ढोलकिया ढोल पर थाप देता है—मन्द-मन्द। झाँझ और मजीरा झनकारने लगे हैं।

*अरे, हो, ओ-ओ-ओ-...*
*छुआछूत और जाति-पाँति माँ*
*सगरौ मनई जरत मरत हैं*
*ऊपर से जब बोलन लागैं*
*लागै मानो फूल झरत हैं।*
*हा-हा-हो-हो! बहुत सही। बहुत सही!*

"हम कथनी-करनी का यही अन्तर समझाने निकले हैं। राम जब तक जंगल में 'छोट-भाइयों' के बीच रहते हैं तब तक शबरी के घर खाने और केवट को गले लगाने से परहेज नहीं करते लेकिन जैसे ही अयोध्या पहुँचते हैं ब्राह्मणवाद के चंगुल में फँसकर मैले हो जाते हैं। गर्भवती पत्नी को घर से निकालने और तपस्वी का सिर काटने लगते हैं। ऐसी खतरनाक जगह है अयोध्या। हम ब्राह्मणवाद के चंगुल में फँसकर मैले हो गए राम को धोकर शुद्ध करने निकले हैं। हमें तो ऐसा भगवान

चाहिए जो हमारे थक जाने पर घंटे-दो घंटे के लिए हमारे हल की मुठिया थाम सके। अयोध्या के राजा हमारा खेत जोतने आ सकते हैं?"

"धाँय! धाँय।" पूरब से फायर की आवाज आती है। सब सन्न हो जाते हैं।

सूरज का लाल गोला नदी के पानी में उतर रहा है।

कोई कहता है, "रनवीरपुरवाले हैं। कह रहे थे, आज कोई जिन्दा न लौटने पाए। पूरा का पूरा गाँव रामभक्तों की पार्टी का है।"

"धाँय! धाँय!"

भीड़ में आतंक फैल गया है। कुछ लोग गन्ने और अरहर के खेतों की ओर लपकने लगे हैं।

दो बन्दूकधारी मंच पर पाले के दोनों ओर बन्दूक तानकर खड़े हो जाते हैं।

तिवारीजी खैनी ठोंककर दाँत और होंठ के बीच में दबाते हैं और मेरा हाथ पकड़कर कहते हैं, "अब चल देना चाहिए।"

"हम जहाँ-जहाँ धरम की धुलाई की बात करने जाते हैं, वे हमारी धुनाई पर आमादा हो जाते हैं। इतने समदर्शी हैं वे लोग कि हमें अपने घर में अपनी बात नहीं करने देंगे। हजार साल से जातिवाद ये फैलाते आ रहे हैं और कहते हैं कि पाले जातिवाद फैलाता है।"

वह ढोलकिए को संकेत करता है।

*धमक धम् धमक...*
*धमक धम् धमक...*
*"अरे, बड़े कसाई, बड़े कसाई*
*साधो पाँड़े बड़े कसाई-ई-ई..."*

इस बार फायर की आवाज बहुत नजदीक से आती है। तेज शोर उभरता है और भगदड़ मच जाती है।

भीड़ का एक हिस्सा मुकाबला करने के लिए तैयार है। लाठीधारी स्वयंसेवक उनको साथ लेकर कुटी के चारों तरफ रक्षा-पंक्ति बना रहे हैं। कुटी के अन्दर से लाठियाँ निकाली जा रही हैं।

हम लोग हाँफते-भागते नदी पर आकर रुकते हैं।

अँधेरा धीरे-धीरे उतर रहा है।

पीछे मुड़कर देखते हैं—कुटी की एक झोपड़ी धू-धू करके जल रही है।

फिर दूसरी। फिर तीसरी।

फायर की आवाज बन्द हो गई है।

घर पहुँचकर तिवारीजी चाय बनाने के लिए स्टोव जलाते हैं।

गाँव के लोगों का झुंड एक घंटे बाद लौटता है।

बताते हैं पाले तो बचकर निकल गया। सारा गुस्सा पागलदास के सिर पर उतरा। वह समझाने-बुझाने के लिए दोनों पक्षों के बीच में घुस गया था। उसका सिर फट गया है। बाहर पड़ा कराह रहा था।

"पहले रनवीरपुरवालों को पता नहीं था कि बन्दूकें भी हैं पाले के पास। जानते थे कि सिर्फ लठैत हैं उसके साथ।"

"आम जनता को मारना चाहते तो लाशों का पहाड़ लग जाता। फिर भी पचीस-तीस आदमी से कम घायल नहीं हैं। हो सकता है उनमें सवेरे तक दो-चार 'राम नाम सत' हो जाएँ।"

"बबवा तो जरूर 'जै सिरीराम' हो जाएगा।"

"अच्छा है। पास-पड़ोस में सबको सबक मिल जाएगा।"

"बहुत गल्ला भर रखा था बबवा ने। पचीसों मन गेहूँ, चावल, दाल। सब अभी तक सुलग रहा था।"

"एक पाप बड़ा भारी हुआ। एक गाय खूँटे से बँधी-बँधी जलकर मर गई। कितना पैर पटक रही थी प्राण निकलते समय।"

तय होता है कि नई उमर के सारे लोग हफ्ते-दस दिन के लिए गाँव छोड़ दें। सवेरे से गिरफ्तारी शुरू हो जाएगी। वैसे किया-धरा तो सब कुछ रनवीरपुरवालों ने है लेकिन हम लोगों पर भी कुछ आँच जरूर आएगी। आखिर कुटी हमारे ही गाँव में है।

तय यह भी होता है कि दो-तीन लोग मंत्रीजी के गाँव जाकर उन्हें सब कुछ बता दें। गाँव में न मिलें तो लखनऊ चले जाएँ। उनसे थाने पर और पुलिस अधीक्षक के पास फोन करवा दें।

"थानेदार तो सवर्ण है लेकिन एस. पी. छोटी जाति का है। वह दबाव बनाएगा तो थानेदार ढील नहीं दे सकता।"

खाने-पीने के बाद सोने के लिए तिवारीजी मुझे लेकर गाँव से एक कि.मी. दक्षिण ट्यूबवेल पर चले जाते हैं। बताते हैं कि पुलिस रात में भी गाँव में आ सकती है। परेशानी हो जाएगी।

मैं लेटे-लेटे पूछता हूँ, "आपको कैसा लग रहा है? जो कुछ हुआ अच्छा हुआ?" तिवारीजी बोलने में थोड़ा समय लगाते हैं।

"इसका जवाब देना उतना आसान नहीं है जितना लगता है। हम भी बराबरी के कायल हैं। युगों से दबे-कुचले इन लोगों की गरीबी दूर हो। अशिक्षा और अज्ञान दूर हो। धार्मिक कुरीतियों की जकड़न से मुक्ति मिले। आज भाषण में जो कुछ पाले ने मन्दिर मुद्दे पर कहा वही विचार किसी भी सही समझवाले के होंगे। लेकिन इनके अन्दर ऊँची जातियों के प्रति नफरत की भावना भी बढ़ रही है। ये हम लोगों के खेत में मजदूरी नहीं करते ताकि हमारे खेत परती पड़े रहें। हम परेशान हैं। इनके जो नए-नए लौंडे निकल रहे हैं उनमें अवज्ञा का भाव इस कदर है कि आँखों में आँखें डालते हुए सामने से निकल जाएँगे, न 'पैलगी' करेंगे न प्रणाम। देखकर सूती भर खून घट जाता है। हम तो कभी-कभी खुद राह छोड़कर हट जाते हैं।...तो इसके चलते इनकी बात सही मानते हुए भी मन में इनके प्रति नजदीकी या सहानुभूति नहीं उभरती। दूसरी ओर गाँव के अधिकांश लोग यह मानते हैं कि राम भक्त पार्टीवाले लोग धार्मिक उन्माद फैला रहे हैं फिर भी चूँकि वे हिन्दू धर्म के गौरव की बात करते हैं तो हमारी छाती फूलती है और उस पार्टी में ज्यादातर हमारे नाते-रिश्तेदार लोग ही हैं। इसलिए उनके प्रति दूरी या नफरत नहीं पैदा होती।...इस भावना को पकड़ने के लिए आप इस पर विचार करें कि द्रोण एकलव्य को क्यों नहीं अपना सके या भीष्म दुर्योधन को क्यों नहीं त्याग सके?"

थोड़ी देर तक दोनों लोग चुप रहते हैं। ट्यूबवेल के बिलकुल करीब आकर सियारों का झुंड रो रहा है। हम लोग सुनते रहते हैं।

फिर मैं पूछता हूँ, "यही वह भावना होगी जिसके चलते सवेरे कुटी पर न पागलदास को आप प्रणाम कर सके थे न आपको पागलदास।"

"आप तो बिलकुल चीर-फाड़ कर डालने पर उतारू हैं आज।...लेकिन अब कृपया इस मुद्दे पर और बात न करें। उलझन होती है।"

मैं चुप हो जाता हूँ। बड़ी देर तक आँख खोलकर अँधेरे में ताकता रहता हूँ। नींद नहीं आ रही है। सोचता हूँ तिवारीजी सो गए। तभी उनकी आवाज आती है, जैसे किसी कुएँ से अन्दर से बोल रहे हों।

"कभी-कभी कोई बात इतनी छुपानेवाली होती है कि हम अपने मन में उसे सोचने से भी कतराते हैं। उसी तरह की सच्चाई यह भी है कि एक सामान्य ब्राह्मण एक नीची जाति को वह भी अपने ही गाँव में प्रणाम करे, यह...यह...अभी तो असम्भव है। इसीलिए तो हम लोग कुटी पर नहीं जाते।...एक विचित्र बात और सुनिए। जैसे ही गाँव छोड़कर शहर जाता हूँ, सारे सोच और कर्म में उदारता आ जाती है। पर वे दकियानूसी विचार रास्ते में ही कहीं छिपे बैठे इन्तजार करते रहते हैं। जैसे ही लौटता हूँ फिर कन्धे पर सवार हो जाते हैं।...जब तक वापसी के लिए कोई दूसरा रास्ता नहीं मिल जाता..." वे फिर देर तक चुप रहते हैं। फिर कहते हैं, "और यह क्या अकेले मेरी सोच है? अगर आप भी ग्रामीण सवर्ण हैं तो क्या आपकी सोच मेरी सोच से बहुत ज्यादा उदार हो गई है?"

रात क्लब में मार-पीट हो गई।

दरोगाजी और मिसराजी के बीच।

विश्वास नहीं होता न! कैसे होगा? इतनी पुरानी दोस्ती है दोनों लोगों की। उन्हीं दोनों के चलते क्लब गुलजार रहता है।

"कैसे हुआ यह सब?" मैं चौकीदार से पूछता हूँ।

लेकिन चौकीदार की रुचि किस्सा सुनाने में कम, अपने भविष्य की चिन्ता करने में अधिक है।

सवेरे-सवेरे गेट खोलकर अन्दर आते ही वह हाथ जोड़कर मेरे पैर छूने के लिए लपकता है। मैं उसे बीच में ही थाम लेता हूँ।

"अरे-अरे! क्या करते हो?"

अस्सी साल के बूढ़े का इस तरह पैरों में झुकना। उसका मेरे घर आना ही आश्चर्य में डालने के लिए पर्याप्त है। आज पहली बार आया है। मैं भी अभी

तक कुल चार-पाँच बार ही क्लब में गया हूँ। इसलिए जान-पहचान तो क्या, हाँ, देखा-देखी जरूर हुई है। सुना है, अपने जमाने का नामी पहलवान रहा है। आज भी उघारे बदन पर उसकी उभरी हुई मोटी चौड़ी हड्डियाँ दधीचि की याद दिलाती हैं। आवाज की 'कड़क' और आँखों की 'घुड़क' बरकरार है। फिर यह दीनता? मैं बरामदे में पड़ी कुर्सी पर बैठ जाता हूँ।

बूढ़ा बगल में जमीन पर बैठते हुए कहता है, "आप कुछ करें सरकार। मिसराजी मेरी नौकरी खा जाएँगे।"

"हुआ क्या? मिसराजी आपकी नौकरी क्यों खाना चाहते हैं। फिर आपकी ऐसी नौकरी भी क्या है—सौ रुपये महीने में चौबीस घंटे की ड्यूटी।"

"वह बात नहीं सरकार। असल बात इज्जत की है। मैं आज साठ साल से क्लब का चौकीदार हूँ। तब मिसराजी की पैदाइश भी नहीं रही होगी। अब आखिरी वक्त में निकाल बाहर किया तो..."

"लेकिन वे निकालेंगे क्यों?"

"वे क्या खाकर निकालेंगे सरकार! मैं उनके निकालने के मान का थोड़े हूँ। वे शास्त्रीजी से कहकर निकलवाएँगे। शास्त्रीजी क्लब के सिकरेटरी हैं न।"

"लेकिन आपने ऐसा किया क्या है?"

"मैंने क्या किया है सरकार? जो कुछ किया है दरोगाजी ने किया है। मैंने तो हमेशा की तरह हुकुम की ताबेदारी किया सरकार। दरोगाजी ने कहा धुजा उतार ला। मैंने उतारकर थमा दिया।"

"कैसी ध्वजा?"

"वही खूनी धुजा सरकार, जिसे शास्त्रीजी बरामदे के बाहर गड़े बाँस में टँगवा गए थे, गलती दरोगाजी किए। आव देखा न ताव, उसी से जूता पोंछने लपके..."

"अरे, तब?"

"तभी तो मिसराजी ने लात मारी सरकार। बाईं पाँजर की तीन हड्डियाँ चरचरा गई हैं। सदर अस्पताल में 'बारा' नम्बर पर पड़े हैं।"

"च्च। च्च। च्च। इतना सब हो गया? लेकिन झगड़ा शुरू कहाँ से हुआ?"

"हुजूर कल शाम सरोज वकील साहब किसी बहुत नम्बरी दारू की दो बोतलें लाए थे। सबको पता था। 'चिखना' वगैरह का भी इन्तजाम था। शुरू-शुरू

में सब खूब मौज में थे। हँस-बोल रहे थे। दो पैग लेने के बाद दरोगाजी बोतल सिर पर रखकर मेरे अँगोछे का घूँघट काढ़कर नाच रहे थे। 'गुजरिया' बन गए थे। मिसराजी मुँह से बाजा बजा रहे थे। सरोज साहब मेज बजा रहे थे। मिसराजी बता रहे थे—बैंकाक कि कहाँ, कोई एक सौ दस साल का बूढ़ा एक सौ छह साल की दुलहिन से शादी करनेवाला है। उसी 'लगन' में वे दरोगाजी की भी शादी करवाना चाहते हैं। ठेकेदार चावला साहब से कह रहे थे कि वे कोई पंजाबी या हरियाणा 'नस्ल' की दुलहिन खोजें।...दरोगाजी जिद पकड़े थे कि पहले वे अपने बड़े भाई—मेरी—शादी करवाएँगे। बीस साल हो गए। साल साठ की उमर से कुँवारे दिन काट रहे हैं। पीछे पड़े थे कि मैं भी पीऊँ। चावला साहब गले में 'कमरा' टाँगकर आए थे। मुझसे कह रहे थे, 'धोती खोलके नच्च। फोटू उतारांगा।"

"फिर?"

फिर तीसरा पैग ढालते हुए मिसराजी बोले, "राम मन्दिर के नाम पर जिसकी महंथी दरोगाजी को दिलाई जाएगी।"

सरोज साहब गिलास नचाते हुए बोले, "महंथी नहीं तो बाबाजी का घंटा। फिर मिसराजी को सुनाकर बोले, "इस मुख्यमंत्री के रहते अयोध्या की ओर मुँह करके पेशाब भी करने लगे तो कटवा लिया जाएगा।"

मिसराजी भड़क गए। लड़खड़ाते हुए उठे और चिल्लाए, "कोई अपने असल बाप के बीज का पैदा निकले जो इस मुख्यमंत्री को गोली मार दे तो नगद दस हजार का इनाम दूँगा। मुँह चूम लूँगा, ऊपर से।"

मैं बरफ लेने दूसरे कमरे में चला गया। इस बीच पता नहीं किसने क्या कहा। थोड़ी देर में लौटा तो देखा, दरोगाजी हाथ का गिलास उठाए लड़खड़ाते हुए मिसराजी की ओर बढ़े जा रहे हैं और चिल्ला रहे हैं, "मुँह सँभालकर बोल बे बाभन, नहीं तो..."

मिसराजी सन्न।

मैंने लपककर दरोगाजी को पकड़ा।

मिसराजी भी चिल्लाए, "साले, मुख्यमंत्री तेरा बहनोई लगता है रे? फिर तेरी क्यों फटी? गांडू?"

बस दरोगाजी ने हाथ का गिलास फेंककर मारा। मिसराजी का माथा कट गया।

दारू और खून की मिली-जुली कत्थई धारा बहने लगी। सरोज साहब और चावला साहब उन्हें सँभालने लगे।

दरोगाजी बड़बड़ा रहे थे, "ससुरो, क्लब को भी तुम लोग पार्टी का दफ्तर बनाते जा रहे हो।"

फिर सहसा मेरी ओर देखकर तड़पे। उतार ला इसका झंडा-पताका बाहर से। मैंने लाकर दे दिया। दरोगाजी उसे लेकर अपने जूतों की ओर झुके। उनसे झुका ही नहीं जा रहा था। पैर आगे बढ़ जाते थे...कि तब तक मिसराजी ने लपककर बाईं तरफ से एक लात कसकर हुमच दिया पेट पर। दरोगाजी उताने बरामदे से आँगन में उतरनेवाली सीढ़ियों पर जाकर गिरे।"

"बाप रे! इतनी आगे बढ़ गई बात। दरोगाजी अचानक इतना पैजामे के बाहर क्यों हो गए?"

"मुखमंतिरी उन्हीं की जाति के हैं न सरकार। गुसाईंजी कहिन हैं, 'सबसे कठिन जाति अपनाना।' कैसे बरदास होता है?"

"क्या? दरोगाजी तो एस. पी. सिंह हैं न?"

"इस.पी. सिंह तो हैं सरकार। मुला मुखमंतिरी के बिरादरी भी हैं।...और मिसराजी यह बात जानते नहीं थे, सरकार।"

"तुम जानते थे?"

"हम तो जनबे करते थे सरकार।"

"लेकिन तुम ध्वजा-पताका उतारने क्यों गए? किसी के झंडे से जूता पोंछना अच्छी बात है?"

"अच्छी तो एकदम नहीं है सरकार। मुला हम ई भी तो नहीं जानते थे कि दरोगाजी उससे जूता पोंछने लगेंगे।"

मैं कुछ देर तक चुप रह जाता हूँ। फिर पूछता हूँ, "अब मेरे पास किसलिए आए हो? मैं क्या कर सकता हूँ?"

"हुजूर, शास्त्रीजी आपके पड़ोसी हैं। आपका रोज का उठना-बैठना है सरकार। और..." वह थोड़ा हिचकिचाता है, "फुरि झूठ की माफी मिले तो...सुना है आप भी 'बीसी' हैं सरकार...तो मदद के लिए आपके पास...आप शास्त्रीजी से सिफारिस कर दें तो मेरी नौकरी बच सकती है।"

"हूँ। तो जाति की पूँछ पकड़कर पार उतरना चाहते हो। लेकिन अगर शास्त्रीजी भी गुण-दोष देखने के बजाय जातिवाद पर उतर आए तो?"

"तब तो काम ही बन जाएगा सरकार।"

बूढ़ा फुसफुसाता है।

"कैसे?"

"इसलिए कि शास्त्रीजी भी तो वही हैं सरकार।"

"वही मानें?"

"ऊ भी 'बीसी' हैं सरकार।"

"ऐसा?" मैं आश्चर्य से मुँह बा देता हूँ।

"हाँ सरकार। मगर शास्त्रीजी से उनकी जाति की चर्चा करने से कोई फायदा नहीं होगा सरकार। उलटे डँस लेंगे।"

"क्यों?"

"छिपाते हैं। अपने-आपको छत्री कहते हैं। लड़कों के नाम में 'चंदेल' जोड़ दिया है। कहते हैं कि हमारे पुरखों ने बिहार कि बंगाल में कहीं चालीस-पचास साल राज किया है और जिन जातियों को एक बार सिर पर 'छत्र' धारण करने का मौका मिल गया, वे सब छत्री हो गए।"

"यह बात?"

"जी सरकार।"

"खैर इस पचड़े में पड़ने की जरूरत ही क्या है। तुम तो सीधे-सीधे मिलकर अपनी सफाई दे दो कि कलवाली घटना में तुम्हारी कोई गलती नहीं है।"

"अरे, हम भी कम ऐबी नहीं हैं सरकार। एक बार बहुत 'छत्री-छत्री' हाँक रहे थे तो मेरी देह में आग लग गई। टोक दिया कि बी.डी. सिंह तो छत्री नहीं मानते आपको। बस भड़क गए। मारने के लिए जूता उठा लिया। अब उनके सामने पड़ना नहीं चाहता। इसलिए आप ही कुछ करें सरकार।"

"लेकिन वे भड़के क्यों?"

"हुजूर बी.डी. सिंह भी इन्हीं की पार्टी के नेता हैं। सिनेमा रोड पर उनकी कोठी है। शास्त्रीजी और उनके बीच दाँत-काटी रोटी थी। दोनों के परिवार का भी एक-दूसरे के घर आना जाना था। इसी में शास्त्रीजी के बेटे का बी.डी. सिंह की

बेटी से कुछ 'लटर-पटर' हो गया। चार-पाँच साल पुरानी बात है। लड़के ने अपनी माँ से कहा। माँ ने बाप से। सुनकर शास्त्रीजी खुश हो गए। उस दिन बी.डी. सिंह की लड़की की जन्म-दिन पार्टी थी। तमाम मेहमान आए थे। शास्त्रीजी भी सपरिवार गए थे। वहीं उन्होंने ऐलान कर दिया कि इतनी सुन्दर-सुघड़ बेटी को बहू बनाकर उन्हें खुशी होगी। फिर क्या था। बी.डी. सिंह यहाँ के रजवाड़े हैं सरकार। सुनकर अंगार हो गए। पचासों गालियाँ दीं और गर्दन पकड़कर घसीटते हुए सड़क तक ले आए। उनके भतीजे ने सीने पर बन्दूक की नली अड़ाकर धमकाया कि इस रास्ते पर दुबारा कभी नजर आ गए तो चिथड़ा कर देंगे।...तब से जब भी कहीं चर्चा होती, कहते—मैं तो जाति-पाँति से ऊपर उठकर सोचता हूँ।...लेकिन इसी बीच एक गड़बड़ फिर हो गई। एक दिन खूब छककर पीने के बाद क्लब में चावला साहब ने कह दिया कि जाति-पाँति से ऊपर उठा हुआ तो मैं उसे ही मान सकता हूँ जो अपनी बेटी चमार के बेटे से ब्याहने को तैयार हो। बोलिए, आप तैयार हैं?

"सुनकर शास्त्रीजी ने मार-पीट शुरू कर दिया। फरक केवल यह पड़ा कि तब से जाति-पाँत पर बात करना ही बन्द कर दिया।"

"अच्छा किया। लेकिन मुझे डर है कि तुम फिर किसी दिन उन्हें इसकी याद दिलाने पहुँच जाओगे।"

"हुजूर, हजार बार याद दिलाए कोई, वे बुरा नहीं मानेंगे, बशर्ते इससे उनकी शान बढ़ती हो। दो साल हुए, एक 'छत्री' बहू लाए हैं बिहार से। पता नहीं असली 'छत्री' है कि वह भी इन्हीं की तरह...जबसे ब्याहकर लाए, साल भर जो भी मिलता उससे यही चर्चा...। अरे सरकार, शास्त्रीजी तो उन लोगों में से हैं जिन्हें पता चल जाए कि कोई सवर्ण कभी उनकी माँ के पास रात-भर आकर सो गया था तो सबूत इकट्ठा कर देंगे कि ऐन उसी रात माँ के पेट में उनकी आमद हुई थी।"

बाप रे! इतनी बेहूदी बात बोल गया यह बुड्ढा।

मैं पिंड छुड़ाने के लिए कहता हूँ, "देखिए दादा। इस उम्र में जाति-पाँति के चश्मे से देखना आपको शोभा नहीं देता। मैं तो खैर इन सबके बिलकुल ही खिलाफ हूँ। आगे कभी मेरे पास इस तरह की बात करने के लिए मत आइएगा। जाइए।"

बूढ़ा एकदम से उठ नहीं पाता। कुछ देर तक आश्चर्य से मेरी ओर ताकता है फिर बगल में पिच्च से थूकता है।

यह बेअदबी। मैं उसे झेल नहीं पा रहा। बेचैन होने लगता हूँ।

बूढ़ा काँखकर उठता है। अँगोछे को कन्धे पर रखने के पहिले दो-तीन बार झटकारता है। चार कदम चलता है फिर मुड़कर कहता है, "यह जो बिजली का पावर हाउस देख रहे हैं, सामने। हमारे टोले की जमीन पर ही बना है। हमारा टोला मेहनत करके खानेवाली जातियों का टोला है। वे कहते थे—छोटभइयों का टोला। आज से सत्रह-अठारह साल पहले बड़की जाति के एक मंतिरी हुए थे बगलवाले गाँव के। मंतिरी होते ही उन्होंने कसम खाई—हमारे टोले का 'हर' वे खूँटी पर टँगवा देंगे। यानी भूमिहीन कर देंगे। काहें कि हम लोग उनसे दबते नहीं थे। उनके यहाँ मजदूरी करने नहीं जाते थे। चुनाव में उनको वोट नहीं दिया था। उन्होंने जो कहा था करके दिखा दिया। हम लोगों की जमीन बिजली विभाग से हड़पवा दिया। हमें किसान से मजूर बना दिया।...तो वे उतनी ऊँची पदवा पाकर, राजा दऊ के बराबर होकर भी जाति-पाँति के ऊपर नहीं उठे। उसे चभुआकर पकड़े रहे। और आप एक ठो नौकरी क्या पा गए, सब भूल गए। एकदम खिलाफै हो गए..."

सहन नहीं होता। इतना कटु-भाषी निकला बुड्ढा। मैं उठकर अन्दर जाने लगता हूँ।

लगता है कभी उनका लात-जूता नहीं मिला खाने को?

आवाज से लग रहा था, बुड्ढा बोलते हुए मुस्कुरा रहा होगा।

"हमारी सिफारिश को मारो गोली। मुला एक बार दरोगाजी को देख तो आओ। ...बड़ा मरद आदमी निकला जवान।"

मैं कनखी से देखता हूँ। कहने के साथ बूढ़ा कमर सीधी करके चलने लगा है।

अचानक एक दिन खबर फैलती है—शास्त्रीजी के पोते का अपहरण हो गया। लेकिन यह दस-पन्द्रह दिन बाद की बात है।

इस बीच पहले दिन का और फिर धीरे-धीरे रात का कर्फ्यू खत्म हो गया था। अन्दर-अन्दर दोनों सम्प्रदायों के बीच तनाव मौजूद था, लेकिन बाहर से मामला ठंडा पड़ता लग रहा था। सरकारी कार्यालयों में उपस्थिति सामान्य होने लगी थी।

महमूद बच्चों को स्कूल ले जाने लगा था। हाँ, उसका पास-पड़ोस में आना-जाना बन्द हो गया था।

नाई का बेटा कई दिन बाद अपना सैलून जमाने की गरज से लौटा था, लेकिन यही नहीं तय कर पाया कि उसकी झोपड़ी ठीक-ठीक थी किस जगह पर। फिर कुछ लोगों की घुड़की-धमकी और कुछ की नेक सलाह के चलते उसने उस चौराहे को भूल जाना ही बेहतर समझा। अब उसने नदी पार बड़ी मस्जिद के सामने एक काठ की कुर्सी डाल ली है और सामने की चारदीवारी में शीशा टाँगकर अपना धन्धा करने लगा है।

शाम को आफिस से लौटने पर पत्नी बताती हैं, "लड़का स्कूल गया था। लड़के का चाचा सवेरे खुद उसे स्कूल छोड़कर आया था। दोपहर में छुट्टी होने के पाँच-सात मिनट बाद लेने पहुँचा तो बच्चा गायब था। पता चला कि छुट्टी होते ही कोई स्कूटर पर बैठाकर ले गया।"

शाम तक परिचितों और रिश्तेदारों के यहाँ पूछताछ होती है। कुछ पता नहीं चलता। सहपाठी बच्चे यह तो बताते हैं कि लड़का स्कूटर पर बैठकर गया। लेकिन स्कूटरवाला कौन था, यह नहीं बता पा रहे हैं।

मोहल्ले में एक नए ढंग का तनाव व्याप्त हो जाता है। पत्नी बताती हैं कि वे थोड़ी देर पहले उनके घर गई थीं। बच्चे की माँ का रोते-रोते बुरा हाल है। शास्त्रीजी की पत्नी ने दरवाजे से सिर फोड़ लिया है। बार-बार बेहोश हो रही हैं।

सांत्वना देने, सहानुभूति प्रदर्शित करने मैं भी जाता हूँ। अन्दर से औरतों के रोने की आवाज आ रही है। बाहर सन्नाटा है। केवल एक अपरिचित युवक बरामदे में रखी कुर्सी पर बैठा है। बताता है, "रिपोर्ट लिखाने गए हैं।"

मैं लौट आता हूँ। बाजार जाना है। सोचता हूँ, बाजार से लौट आऊँ तब मिलता हूँ।

रात नौ बजे के करीब लौटता हूँ तो देखता हूँ कि पत्नी-बच्चे आतंकित हैं। सभी ड्राइंग-रूम में मौन बैठे हैं।

"क्या बात है?" मैं पूछता हूँ।

पत्नी बताती हैं, "पुलिस आई थी। महमूद को उसकी कोठरी से पकड़कर ले गई।"

लड़का बताता है, "महमूद भाई का हाथ पीछे बाँध दिया था और सड़क पर लाठियों से पीट रहे थे।"

लड़की बताती है, "वह चीख रहा था। लोट-लोट जाता था।"

पत्नी बताती हैं, "गेट के बाहर लेकर चले गए। सड़क पर पीटने लगे। वह चिल्लाया, तब हमें पता चला। भगाने-छिपाने का मौका ही नहीं मिला। सारा मुहल्ला इकट्ठा था लेकिन कोई कुछ नहीं बोला। सब चुपचाप तमाशा देख रहे थे।"

लड़की जोड़ती है, "बल्कि खुश हो रहे थे। मास्टराइन कह रही थी कि रात-भर में सब 'बकुर' देगा।"

पत्नी कहती हैं, "शायद शास्त्रीजी ने उसके खिलाफ अपहरण की रिपोर्ट लिखाई।"

बेटे की आँखें डबडबा आती हैं। वह गिड़गिड़ाता है, "पापा! महमूद भाई को छुड़ा लाइए। प्लीज पापा। पुलिसवाले उसे मार डालेंगे।"

"जाइए।" वह दोनों नन्हे हाथों से मुझे बाहर ठेलता है।

कुछ देर तक तो समझ में ही नहीं आता कि क्या किया जाना चाहिए। शास्त्रीजी से मिलने की इच्छा मर गई है लेकिन सोचता हूँ एक बार उनसे मिलकर जान तो लूँ कि वे क्या सोच रहे हैं। लेकिन शास्त्रीजी घर पर नहीं हैं। उनका छोटा लड़का मिलता है। उसका व्यवहार, देखने और बात करने का अन्दाज बड़ा अपमानजनक है। मेरे वापस लौटने के पहले शास्त्रीजी की पत्नी बाहर आ जाती हैं। मुझे देखते ही लगभग चीखते हुए चेतावनी देती हैं, "मुझे ही डँसने के लिए यह साँप पाल रखे थे? अगर मेरा लाल नहीं मिला तो आपके बाल-बच्चे भी सही-सलामत नहीं रहने पाएँगे। इसे पक्का समझ लीजिए।"

उनकी आँखें लाल हैं। बाल बिखरे हुए और बेतरतीब। विक्षिप्त-सी। झगड़ने पर आमादा।

मैं तेजी से बाहर आ जाता हूँ।

अब? अगर महमूद के खिलाफ नामजद रिपोर्ट है तो उसे पुलिस की हिरासत से छुड़ा सकना आसान नहीं है। इसके लिए जरूरी है कि पुलिस को इत्मीनान से सारे घटनाक्रम की जानकारी दी जाए और पुलिस हकीकत जानने के लिए तैयार हो। जैसे हालात इन दिनों हैं, पुलिस भी किसी निर्णय पर पहुँचने के पहले दस बार सोचेगी।

हर भला आदमी थाने जाने से बचना चाहता है। लेकिन मुझे तो आज जाना ही पड़ेगा। अकेले जाने में कोई तुक नहीं है। दो-चार प्रभावशाली आदमी साथ रहते तो अच्छा होता। लेकिन इस मुहल्ले का तो शायद ही कोई साथ चलने के लिए तैयार हो। यहाँ का सारा जनमत घोषित-अघोषित रूप से शास्त्रीजी के साथ है। जीप रहती तो भी कुछ बात बनती। सरकारी जीप देखकर ही अगला बिना बताए कई ऐसी बातें जान-समझ लेता है जो कही नहीं जातीं। इससे एक न्यूनतम आदर न कहिए तो शिष्टाचार पाने की गुंजाइश स्वत: निकल आती है। कम-से-कम तू-तड़ाम और आत्मसम्मान को ठेस पहुँचानेवाली स्थिति से तो बचत हो ही जाती है।...लेकिन मेरा ड्राइवर तो पाँच बजे ही चार मील दूर अपने गाँव जा चुका है।

मैं टहलते हुए लालसाहब के घर पहुँचता हूँ।

घंटी बजाने पर मिसेज लाल निकलती हैं। पूछता हूँ, "लालसाहब लौटे?"

"सात बजे वाली से तो नहीं आए आज। नौ बजे वाली से आ रहे होंगे! आइए। बैठिए।"

"बैठूँगा नहीं। आ जाएँ तो कहिएगा—मेरे साथ थाने तक चलना होगा, अभी। मालूम तो होगा ही कि महमूद को पुलिस पकड़कर ले गई है।"

"मालूम तो है भाई साहब, लेकिन..."

"लेकिन...क्या?"

"ऐसा है कि...आप सुनेंगे तो हँसेंगे या सोचेंगे कि बहाना कर रही हूँ लेकिन यह एकदम सच है कि थाना पुलिस जाने के नाम पर ही उनका ब्लडप्रेशर बढ़ जाता है। पसीना-पसीना हो जाते हैं।...और जो भी काम हो बताइए, वे आपके साथ हैं लेकिन थाने जाने के लिए...आप मिसराजी को क्यों नहीं ले लेते? शास्त्रीजी के साथ गए थे तो आपके साथ क्यों नहीं जाएँगे?"

"मिसराजी? शास्त्रीजी के साथ गए थे?...तो मेरे साथ क्या जाएँगे?...लेकिन पता तो लग ही सकता है कि वहाँ क्या-क्या बात हुई? शास्त्रीजी ने रिपोर्ट क्या लिखवाई है?"

मैं वापस लौटता हूँ। मिसराजी से इधर महीनों से बातचीत नहीं हुई है। जबसे मिसराइनजी नाराज होकर घर से गईं तब से वे भी नहीं दिखाई पड़ीं।

दरवाजा मिसराजी ही खोलते हैं। अन्दर ले जाकर बैठाते हैं। मिसराइनजी भी आ जाती हैं।

"आपको तो पता ही होगा, महमूद को पुलिस ले गई। पता नहीं शास्त्रीजी ने उसके खिलाफ क्या-क्या लिखवाया है?"

"साथ में तो मैं भी था उनके। थानेदार शास्त्रीजी से ऐसे लोगों के नाम पूछ रहा था जो अकसर घर आते-जाते हों। जिनसे बच्चा हिला-मिला रहा हो...तो शास्त्रीजी ने महमूद का नाम बताया था। बताया कि दो-चार बार पहले भी वह बच्चों को स्कूटर पर बैठाकर स्कूल से ले आया है। लड़का उससे काफी हिला-मिला था। महमूद अकसर घर आता-जाता था। यह भी कहा कि इन दिनों वह मुझसे रंजिश मानता रहा होगा। क्योंकि इसी तरह के खतरों की आशंका से मैं उसे मोहल्ले से भगाना चाहता था।"

"अजीब बात है मिसराजी। छोटी-छोटी घटनाओं और प्रसंगों को उनके मूल सन्दर्भों से काटकर कैसा रूप दे रहे हैं शास्त्रीजी। बच्चों को स्कूल से लेने महमूद कभी-कभी स्कूटर लेकर चला जाता था। दो-एक बार शास्त्रीजी के पोते को भी साथ में बैठा लाया था। बच्चा स्कूटर पर बैठकर खुश होता था। मचल जाता था। कुल जमा तीन या चार बार ही ऐसा हुआ भी होगा। अगर शास्त्रीजी को इसमें कुछ आपत्तिजनक लगता था तो उन्हें उसी समय मना कर देना चाहिए था। उसका अकसर शास्त्रीजी के घर जाने का कारण भी शास्त्रीजी अथवा उनके घर के लोगों द्वारा सौंपा गया कोई काम ही होता था। उनके बीसों तरह के काम महमूद के बिना अधूरे पड़े रहते थे। वह विधर्मी है—यह जानने से पहले उसकी प्रशंसा करते नहीं थकते थे। और आज वही लड़का अपहरणकर्ता हो गया। जरा सोचिए, जिस समय बच्चे का अपहरण हो रहा होगा, उस समय तो महमूद उसी स्कूल से मेरे बच्चों को साइकिल पर लेकर लौट रहा होगा। फिर उसी समय वह स्कूटर लेकर अपहरण किस तरह कर सकता है? उसका नाम लिखाने से पहले शास्त्रीजी को कम-से-कम एक बार पूछताछ तो कर लेनी चाहिए थी। जिन बच्चों ने अपहरणकर्ता को देखा है वे महमूद को क्यों न पहचानते? रोज ही उसे देखते हैं।"

"बात तो आप ठीक कहते हैं।" बोलने के साथ मिसराइनजी अन्दर चली जाती हैं।

मिसराजी कहते हैं, "जो घटनाक्रम बन रहा है, उससे स्पष्ट है कि इसमें महमूद का हाथ नहीं हो सकता।"

"अगर आप ऐसा मानते हैं तो मेरे साथ आपको थाने तक चलना होगा। उसे किसी तरह छुड़ाकर लाना है।"

मिसराजी चुप रह जाते हैं।

मिसराइन चाय के दो कप लेकर आती हैं।

"भाभीजी, मैं मिसराजी को थाने तक ले जाना चाहता हूँ। जैसे भी हो, महमूद को छुड़ाकर लाना होगा। वह बेकसूर है।"

"मैंने क्या मिसराजी को बाँध रखा है, भइया?" मिसराइन बैठते हुए कहती हैं।

मिसराजी हिचकिचाते हुए कहते हैं, "बात यह है भाईसाहब कि मुहल्ले के इस पचड़े में मैं 'न्यूट्रल' ही रहना चाहता हूँ। दरोगाजी के साथ घटी घटना आप सुन ही चुके होंगे। बड़ी मिठाई थी। कीड़े पड़ गए।"

थोड़ी देर तक कोई कुछ नहीं बोलता। मैं धीरे-धीरे चाय पीता रहता हूँ।

चाय का कप खाली करके मैं उठता हूँ।

"अच्छा, तो चलता हूँ।" मैं कहता हूँ, "लेकिन गजब का अनुभव है। ऐसे वक्त में कोई भी साथ देनेवाला नहीं मिल रहा है। शास्त्रीजी के साथ जाते समय आपने 'न्यूट्रल' बने रहने की जरूरत नहीं समझी। जाकर उसके गले में फाँसी का फन्दा डलवा आए। इसलिए कि वह विधर्मी है। आपके बरतन-भाँडे 'भरभंड' कर चुका है। और मेरे साथ..."

"ऐसा अकलंक न लगाइए भाई साहब।" मिसराइन कहती हैं, "छूत-छात हमारे चौके की चीज है। हम ऐसा कभी सोच भी नहीं सकते कि मुसलमान होने के चलते कोई बेगुनाह सताया जाए। मुसलमान अपने घर राजी रहें हम अपने घर। ये कैसे नहीं जाएँगे? जब उनके साथ गए तो आपके साथ भी जाना पड़ेगा।"

वे एक झटके से उठकर अन्दर जाती हैं और मिसराजी का कोट-पैंट, कमीज-मफलर और जूते-मोजे एक ही बार में लेकर निकलती हैं।

निकलते-निकलते दस बज जाते हैं।

अभी जनवरी का दूसरा सप्ताह शुरू हुआ है!

दो मिनट स्कूटर से दौड़ने पर समझ में आ जाता है कि जाड़ा कितना बढ़ गया है। आँखें बहने लगी हैं। नाक बहने लगी है। हाथ सुन्न हो गए हैं। थाने की बिजली गायब है। घुप्प अँधेरा है। सन्नाटा।

दूर बरामदे में मटमैले शीशेवाली लालटेन जल रही है। उसकी पीली मद्धिम रोशनी में प्रवेश द्वार पर ही होमगार्ड के पहरे की धुँधली आकृति दिख रही है। दिन में थाने के सामने से अकसर गुजरा हूँ। पीली, लोना छोड़ती दीवारें, पलस्तर। रात के अँधेरे में सब कुछ भुतहा लग रहा है।

थाना ऊँचाई पर बना है। प्रवेश-द्वार से परिसर में प्रवेश के लिए सीढ़ियाँ चढ़नी पड़ती हैं। पाँव-पैदल प्रवेश का प्रबन्ध। यह आठ-दस सीढ़ियाँ प्रवेश करनेवालों के आत्मबल का अधिकांश क्षय कर देती होंगी।

बरामदे में बिछे तख्त पर लुंगी लपेटे उकड़ूँ बैठा थाने का मुंशी लकड़ी के एक पटरे पर रजिस्टर खोले कुछ लिख रहा है। उसका स्थूल शरीर कम्बल से अच्छी तरह लिपटा है। मफलर को सिर में पगड़ी की तरह बाँध रखा है। सामने दीवार की खूँटी में लालटेन टँगी है।

मेरे आवाज देने पर अवज्ञा के भाव से पीछे देखता है। शायद किसी सूत्र से पहचानता होगा, उसका चेहरा हल्का-सा 'नरमाता' है। और बैठे-बैठे ही बोलता है—"जै हिन्द सर।"

मुझे थोड़ी राहत मिलती है।

पूछने पर बताता है, "थाने पर तो आज किसी मुस्लिम की आमद दर्ज नहीं है सर।"

"एस.ओ. कहाँ हैं?"

"एस.ओ. साहब पुलिस लाइन गए हैं। कप्तान साहब सारे थानाध्यक्षों की मीटिंग ले रहे हैं।"

कहने के साथ ही उसे बड़े जोर की जँभाई आ जाती है। आखिरी शब्द जँभाई के चलते विरूपित हो जाते हैं। फिर वह एक देह-तोड़ अँगड़ाई लेता है।

"शास्त्रीजी ने कोई रिपोर्ट लिखाई है?"

"हाँ, दे तो गए हैं कुछ लिखकर।"

"किसी को नामजद किया है?"

"बता नहीं सकते।" कहने के साथ वह उठकर खड़ा होता है। जनेऊ खींचकर कान में लपेटता है और जाँघ खुजलाता हुआ अँधेरे में एक तरफ को बढ़ जाता है।

लौटता है तो मैं आजिजी से कहता हूँ, "मुंशीजी, जरा वह कागज देखकर बताइए। पुलिस मेरे घर से लड़के को पकड़ लाई है।"

"वह आपका लड़का है?"

"मेरा मतलब, वह मेरे ही घर में रहता है।"

अब तक मुंशी के चेहरे से पहचान के सारे लक्षण गायब हो चुके हैं। बल्कि शायद पछता रहा है कि किस जोश में आकर 'जै हिन्द' मार दिया। तख्ते पर फिर स्थापित होते हुए कहता है, "वह कागज तो इंचार्ज साहब के ही पास है।"

कहने के साथ वह चौकी पर पसरता है और देह पर कम्बल फैलाने लगता है। "आप मुझे थोड़ा-सा समय दीजिए। मुझे दर्ज एफ.आई.आर. पढ़वा दीजिए ताकि मैं आगे की कार्यवाही कर सकूँ।"

कम्बल से मुँह ढकने के पहले वह आखिरी वाक्य बोलता है, "आप इंचार्ज साहब से मिलें साहब। वही जो चाहेंगे, दिखाएँगे, पढ़ाएँगे।"

और मुँह ढकने के पहले वह हाथ बढ़ाकर लालटेन की बत्ती धीमी कर देता है।

अब? मैं नीम उजाले में मिसराजी की ओर ताकता हूँ। अनुमान लगाता हूँ कि अभी रिपोर्ट लिखी नहीं गई होगी। तभी मुंशी साफ-साफ कुछ कहने से बचना चाहता है।

लेकिन लड़के को पुलिस ले कहाँ गई? कई तरह के अन्देशे दिमाग में आ रहे हैं। शास्त्री जब इतना घटिया है तो पुलिस को मिलाकर महमूद के साथ कोई भयानक हादसा भी करवा सकता है।

मुंशी की नाक बजने लगी है।

वापस स्कूटर के पास आकर मिसराजी से सलाह करता हूँ, "अब क्या हो?" तय होता है कि पुलिस लाइन चलना चाहिए। वहीं दरोगा और पुलिस अधीक्षक दोनों से भेंट हो जाएगी।

लेकिन आधे घंटे पुलिस लाइन में घूमने के बाद पता चलता है कि क्राइम मीटिंग तो सात बजे ही खत्म हो चुकी है।

ग्यारह बज रहे हैं।

ठंड की कोई सीमा नहीं है।

महमूद जहाँ भी होगा, पुलिस की मार से अब तक अधमरा हो गया होगा।

तय होता है कि पुलिस अधीक्षक के आवास तक भी हो लेना चाहिए। पास में ही है। देर तो हो चुकी है लेकिन मामला नाजुक है।

आशा के विपरीत आवास की बत्तियाँ जलती हुई मिलती हैं। हम लोग स्कूटर फाटक पर खड़ा करके अन्दर जाते हैं। बरामदे में दो-तीन वर्दीधारी आ-जा रहे हैं। साहब अभी ऑफिस रूम में ही बैठे कुछ निपटा रहे हैं। हम लोग खबर भिजवाते हैं और तुरन्त बुला लिए जाते हैं।

"कहिए। इतनी रात में कैसे?" वे हाथ मिलाते हुए पूछते हैं। मैं आश्वस्त होता हूँ—पहचान रहे हैं। पहले दो बार मुलाकातें हो चुकी हैं।

जितना संक्षेप में सम्भव है, मैं उन्हें घटनाक्रम से अवगत कराता हूँ। तर्क करता हूँ कि एक ही समय में एक ही व्यक्ति साइकिल और स्कूटर का प्रयोग कैसे कर सकता है? शास्त्रीजी नहीं चाहते कि उनके मुहल्ले में कोई मुसलमान रहे और वह मुसलमान है। यही उसका अपराध है।

कप्तान साहब धैर्यपूर्वक सारी बात सुनते हैं। बीच-बीच में कुछ सवाल करते हैं। पूरी तरह सन्तुष्ट दिखते हैं। कहते हैं, "हो सकता है पूछताछ के दौरान कोई ऐसा सूत्र हासिल हो जाए जो मामले की तह तक पहुँचने में मददगार साबित हो। इस समय तो काफी रात हो गई। आप लोग जाएँ। सवेरे मैं देखूँगा। आप निश्चिंत रहें। उसे कोई ताड़ना नहीं दी जाएगी।"

ताड़ना की बात! मेरे स्वर में मलाल उभर आता है—अभी शाम को पकड़कर लाते हुए बीच सड़क पर बुरी तरह पिटाई की गई है उसकी। जहाँ होगा, अपने पैरों पर खड़ा भी नहीं हो पा रहा होगा।

वे कुछ देर तक चुप रह जाते हैं। शायद सोच रहे हैं कि जितना आश्वासन उनकी जैसी ऊँची कुर्सी से दिया गया है इसे उपलब्धि मानते हुए, आगे बिना कोई हील-हुज्जत किए मुझे लौट जाना चाहिए। लेकिन मुझे तसल्ली नहीं हो रही है। चाहता हूँ, वे इसी समय थाने में फोन करके ऐसा कुछ कहें जिससे मुझे राहत मिले।

"आप लोग जाएँ।" वे फिर एक-एक शब्द पर जोर देते हुए इत्मीनान से कहते हैं, "दूसरी पार्टी भी उत्तेजित है। मैंने सुन लिया। मैं देख लूँगा।"

लहजे से लगता है कि बारह बजे रात में एक आई.पी.एस. अफसर ने जाते ही मिलने के लिए बुला लिया। सुन लिया। आश्वासन दे दिया। बहुत हो गया। इससे ज्यादा की उम्मीद नादानी है। अफसर पर ज्यादती है।

हम दोनों बाहर निकलते हैं। मैं अपने-आपको आश्वासन देता हूँ कि सवेरे हर हालत में छुड़ा लिया जाएगा। वैसे भी बारह-एक बजे रात में क्या हो सकता है? यह तो संयोग था कि ये जागते हुए मिल गए। बात हो गई। बच्चों को ही समझाना मुश्किल था और वे अब तक सो चुके होंगे। सब कुछ अपने हाथ में तो नहीं है।

अचानक अँधेरे में फटा हुआ नारी-स्वर उभरता है। कातर पुकार, "जौवाद के बप्पा! ए जौवाद् के बप्पा!" नारीमूर्ति पुलिस अधीक्षक के फाटक की ओर बढ़ती है। पहरे का सन्तरी दौड़कर भगाता है, "भाग, भाग।" फिर बताता है, "पागल है। साँझ से तीन बार भगा चुका।"

हल्की रोशनी से अस्त-व्यस्त कपड़े और बिखरे बालों की झलक मिलती है।

दूर जाता स्वर फिर उभरता है, "जौवाद के बप्पा। रोटी खाइ लेव।"

पेड़ की पत्तियों से कोहरा पानी बनकर चू रहा है। पूरा स्कूटर भीगा हुआ। जेब से रूमाल निकालकर सीट पोंछता हूँ।

वापस होते हैं।

सड़क के खम्भों पर जलती बत्तियाँ धुंध में लुप्त हो रही हैं। स्कूटर की हेडलाइट में पाँच गज आगे की चीज देखना भी मुश्किल हो रहा है। ठंड कोट के अन्दर घुसकर छेद रही है। एक-एक शाल लपेट लेना चाहिए था।

थाने के सामने सन्नाटा है। प्रवेश द्वार के ऊपर फ्लड लाइट और अन्दर बरामदे में पीली रोशनीवाला बल्ब जल रहा है। बल्ब का सिर्फ आभास मिल रहा है।

सहसा थाने के आन्तरिक भाग से एक आर्तनाद उभरता है। मैं दहल जाता हूँ। पैर स्वतः ब्रेक पर चले गए हैं। रुक जाता हूँ।

थोड़ी देर तक सन्नाटा...हम रुककर ओनाते हैं।

फिर आर्तनाद।

निश्चिंत रूप से महमूद का ही आर्तनाद है। पिटाई कर रहे हैं साले। रात-भर में तो मार ही डालेंगे।

"आइए, जरा पता करते हैं।" मैं मिसराजी से कहता हूँ और स्कूटर मोड़ लेता हूँ। थाने के सामने स्कूटर खड़ा करके हम लोग ऊपर चढ़ते हैं।

नीम के पेड़ के नीचे टूटी बेंच पर बैठा 'पहरा' आग ताप रहा है। ऊँघ रहा है। आँखें बन्द हैं। सिर एक तरफ को लटक रहा है। पैर की आहट पाकर जग जाता है। पूछता है, "कौन?"

मैं नजदीक जाकर पूछता हूँ, "यह जो चीख है, कौन है यह चीखनेवाला?"

यह वह 'पहरा' नहीं है जो डेढ़ घंटा पहले था। यह हम दोनों को बारी-बारी आश्चर्य से देखता है। आज तक कभी उसने नहीं देखा कि किसी मुल्जिम की चीख सुनकर कोई राहगीर थाने में आकर पूछताछ की हिमाकत करे।

"अरे, आप तो अपना रास्ता नापो जी। मुल्जिम है अन्दर। ग्यारह नम्बर की धुलाई हो रही है।"

ग्यारह नम्बर की धुलाई। यह क्या होती होगी?

रास्ता नापने के बजाय हम दोनों लोग भी सँभलकर उसी टूटी बेंच पर बैठ जाते हैं।

मिसराजी आसपास की अधजली लकड़ियाँ आग पर रखने लगे हैं। मैं पहरे से कहता हूँ, "तुम जरा एस.ओ. को बुला दो, अभी मिलना बहुत जरूरी है।"

"सवेरे आइए, सवेरे। अभी कोई नहीं मिलेगा।" वह अवज्ञा से कहता है।

बड़ा सूखा आदमी है। मैं अपनी आवाज को भरसक रोबीली बनाने का प्रयत्न करता हूँ, "सुनो। तुम्हें पता है मैं कौन हूँ! तुम चलकर एस.ओ. का 'रेजिडेंस' दिखाओ। बाकी बात मैं कर लूँगा।"

वह एक बार मेरी तरफ गौर से देखता है। लगता है दो-तीन बार तुम-तुम सुनकर चिढ़ गया है। कहता है, "आप कोई हों। गवर्नर हों। हमसे क्या? बात करना है तो जाकर ढूँढ़ो। यह मेरी ड्यूटी नहीं है।"

और बूटोंवाले दोनों पैर उठाकर वह आग की लपटों के बीच कर देता है।

मैं चुप हो जाता हूँ। सोचता हूँ, शायद मिसराजी कुछ बोलें। लेकिन उनकी तो लगता है जीभ तक जड़ा गई है। जबसे साथ निकले हैं, मौनव्रत धारे हुए हैं। क्यों भला?

फिर आर्तनाद।

बाप रे! रोंगटे खड़े कर देनेवाली सिहरन।

मैं अनुमान लगाता हूँ कि आर्तनाद कितनी दूर से आ रहा है। बहुत पास से आता हुआ नहीं लगता। पीछे के आवासीय भाग के भूगोल का मुझे ज्ञान नहीं है। इस घने कुहरे और अँधेरे में किसको कहाँ आवाज दी जाए? कौन-सा दरवाजा खटखटाया जाए?

पीछे की ओर थाना परिसर की सीमा कहाँ तक थी इसे तो दिन के उजाले में भी तय करना आसान नहीं था। पीछे आधे कि.मी. पर नदी थी और नदी तथा थाने के बीच में डेढ़ फर्लांग चौड़ा जंगल था जिसमें ऊँचे-ऊँचे पेड़ और कई तरह की झाड़ियाँ थीं। एक-दो पुराने खँडहर और लाखौरी ईंटों के जीर्ण-शीर्ण गुम्बद थे। आवाज उसी तरफ से आती हुई लग रही है।

थोड़ी देर आग तापकर हम लोग बाहर निकलते हैं।

फिर आर्तनाद।

अब मिसराजी बोलते हैं, "यह उस लड़के की आवाज नहीं लगती। मैं उसकी आवाज पहचानता हूँ।"

लगता है मुझे भी भागने का रास्ता मिल गया है। आवाज महमूद की नहीं भी हो सकती। बल्कि नहीं ही है। जब पुलिस कप्तान कह रहा है कि ताड़ना नहीं दी जाएगी तो दरोगा की क्या मजाल कि...

यह मान लेने से राहत मिल रही है।

हम दोनों पन्द्रह कि.मी. की स्पीड से लौट रहे हैं।

भगवान करे यह महमूद की आवाज न हो। लेकिन किसी की आवाज तो है। इस कोहरे-भरी ठंडी आधी रात में किसी प्राणी को प्राणांतक यातना दी जा रही है और आसपास हजारों लोग रजाई की गर्मी में निश्चिंत निर्द्वंद्व सो रहे हैं या रति-विलास में बेसुध हैं। सामने से गुजरते हुए देखता हूँ, शास्त्रीजी की बैठक की बत्ती जल रही है।

'परेशान होंगे' मैं सोचता हूँ, 'मैं भी क्या कम दुखी हूँ।' लेकिन यह भी आश्वस्त कर देना जरूरी है कि इस हादसे में मेरा या महमूद का कोई हाथ नहीं है और वे चाहें तो महमूद को इस भीषण यंत्रणा से मुक्ति दिला सकते हैं।

मिसराजी को उतारकर मैं वापस शास्त्रीजी के गेट पर आता हूँ। गेट खोलकर अन्दर घुसता हूँ और दरवाजे पर दस्तक देता हूँ।

कई लोग हैं। दम साधे कुर्सियों पर बैठे हैं। शास्त्रीजी चौकी पर रजाई ओढ़े बैठे हैं। किसी के चेहरे पर गम या उदासी की छाया नहीं दिखती। उनकी आँखें चमक रही हैं। किसी षड्यंत्र में शामिल होने जैसा भाव। देखकर लगता है, या तो शहर में कोई हादसा होनेवाला है या हो चुका है।

मैं शास्त्रीजी को प्रणाम करता हूँ।

"कहिए!" वे ठंडी आवाज में पूछते हैं। उनकी आँखें स्थिर हैं। चिर-परिचित आत्मीयता का लेशमात्र नहीं।

"मैं एक बार पहले भी आया था। आपसे भेंट नहीं हो सकी। बच्चे के गायब होने का दुख मुझे भी कम नहीं है। उसके खोजने की कोई रूपरेखा बनी हो तो उसमें मैं भी शामिल होना चाहूँगा।"

"आप जो योजना अमल में ला चुके हैं वही मुझ पर काफी भारी पड़ रही है।"

मैं उनके आरोप को जानबूझकर नजरअन्दाज करता हूँ और कहता हूँ, "आप यकीन करें कि इस मामले में, महमूद का रत्ती-भर भी हाथ नहीं है।"

"यह तो हर अपराधी कहता है।"

"शास्त्रीजी, यह मैं कह रहा हूँ। क्या मैं भी आपको अपराधी लगता हूँ।"

"यह पता करना पुलिस का काम है।"

"पुलिस तो एक ही काम करती है। वही कर रही है। उसका हाथ-पैर तोड़ रही है।"

"बस, सवेरे तक सब उगल देगा।"

"उगलने के लिए कुछ होगा तभी तो?"

"नहीं तो छूट जाएगा।"

"लेकिन इस बीच उसके हाथ-पैर सलामत नहीं रह जाएँगे।"

"तो क्या अपराधी आरती करने से अपराध कुबूलता है।"

फिर पुचकारने के अन्दाज में कहते हैं, "यह पिटाई भी उसके बहुत काम आएगी। उसका भविष्य सुधर जाएगा।"

मैं उनका मुँह देखता रह जाता हूँ। ध्यान आता है कि अभी तक उन्होंने मुझे बैठने के लिए भी नहीं कहा।

"फर्ज कीजिए कि महमूद की जगह आपका अपना कोई आदमी इस तरह पीटा जा रहा होता...।"

"मेरे आदमी पर इस तरह का आरोप लगेगा तो..." शास्त्रीजी तर्जनी की नोक मेरी ओर उठाकर कहते हैं, "मैं खुद उसे थाने तक पहुँचाकर आऊँगा।"

वे कुछ क्षण मुझे घूरते हैं। फिर आवाज में बनावटी नरमी लाकर कहते हैं, "आप ठंड से काँप रहे हैं। जाकर गरम दूध पीजिए और सो जाइए।"

"ठंड से नहीं, मैं गुस्से से काँप रहा हूँ। नफरत से। मन करता है थूक दूँ।" मैं ऊँची आवाज में कहता हूँ।

"ए भाई। जरा इनको पीकदान दिखाइए।" फिर मुँह थोड़ा ऊपर उठाकर पूछते हैं, "बाथरूम भी दिखाऊँ?"

मैं पैर पटकते हुए बाहर आ जाता हूँ। चकित हूँ कि बच्चे के गायब होने का गम क्यों नहीं झलक रहा है यहाँ।

डेढ़ बज रहे हैं। घर में सब लोग सो चुके हैं लेकिन पत्नी जग रही हैं। स्कूटर की आवाज सुनकर वे दरवाजा खोलती हैं। हीटर ऑन करती हैं। चूल्हे पर गरम होने के लिए पानी रखती हैं। फिर मेरे पास आकर प्रश्नवाचक नजरों से ताकती हैं।

खटखट सुनकर पिताजी जग गए हैं। अन्दर बरामदे तक आकर कुछ पूछ रहे हैं। मैं निकलता हूँ।

"क्या हुआ? अकेले लौटे हैं?"

"एस. पी. से बात हो गई है, सवेरे छूट जाएगा।" मैं उन्हें आश्वस्त करता हूँ।

आर्तनाद की बात छिपा जाता हूँ।

वे कुछ बुदबुदाते हुए वापस लौट जाते हैं।

आँख और नाक से अभी तक पानी बह रहा है। हाथ की उँगलियाँ सुन्न हो गई हैं।

गरम पानी से हाथ-पैर धोकर मैं देर तक हीटर के आगे बैठा सेंकता रहता हूँ। पत्नी भी मेरे चेहरे को देखती बैठी हैं और जो मैं नहीं बता रहा हूँ उसे पढ़ने की चेष्टा कर रही हैं।

भोर में हल्की-सी झपकी आती है तो एक अद्‌भुत सपना देखता हूँ। अद्‌भुत या भयानक?

सपने में शास्त्रीजी दिखते हैं—सफेद कपड़ों में। एक ऊँचे मंच पर। भाषण दे रहे हैं। सामने अपार जनसमूह। मुंडित सिर। श्वेत-वसन। पंक्तिबद्ध, जैसे किसी के श्राद्ध के मौके पर इकट्ठे हों। किसका श्राद्ध कर रहे हैं ये लोग? कौन मरा है?...कि कोई चुनावी सभा है यह? शास्त्रीजी के एकाध वाक्यांश समझ में आते हैं—गणिका गीध अजामिल तार्‌यो, तार्‌यो सदन कसाई...तो क्या हम इनसे कम पापी हैं जो तरने से वंचित रह जाएँगे? और कम हैं तो इस कमी को प्राणपण से पूरा करेंगे मौका मिलना चाहिए।...देखते-देखते यह पंक्तिबद्ध लोग बगुलों में बदल जाते हैं। मैदान तालाब बन जाता है। तालाब से मोटी-मोटी मछलियाँ गटकते पंक्तिबद्ध बगुले। गटकी जाती हुई और गटके जाने की आशंका से त्रस्त मछलियाँ शोर मचा रही हैं—आप लोगों ने तो 'एफिडेविट' दिया था कि तालाब 'सुरक्षित' जोन रहेगा। मछलियों को कोई खतरा नहीं है। केवल तालाब की शोभा बढ़ाने के लिए यहाँ इकट्ठे हो रहे हैं।...कहा था कि 'चुगना' प्रतीकात्मक रहेगा। अब आप लोगों ने यह सब क्या शुरू कर दिया?...बगुले मुँह लटकाए हैं—हम क्या करें? हम मजबूर हैं। हमें जनादेश मिला है—पाप करने का। नहीं तो हम वेश्याओं, कसाइयों, बहेलियों के पाप और निर्दयता से टक्कर कैसे ले सकेंगे? तर कैसे सकेंगे?

दृश्य परिवर्तन फिर होता है। शास्त्रीजी दो लाठियों को पैर के अँगूठे और उँगली के बीच में फँसाकर अपने शरीर को जमीन से दो-ढाई फिट ऊपर साधे खड़े भाषण दे रहे हैं। उनके वस्त्र भगवा रंग में परिवर्तित हो रहे हैं। मैदान में श्रद्धालुओं की भारी भीड़। कार्यकर्तागण इन श्रद्धालुओं को लाठियाँ बाँट रहे हैं। दो-दो लाठियाँ!

...साधिए, साधिए। शास्त्रीजी उत्साहित कर रहे हैं—एकै साधे सब सधै। केवल लाठी साधना सीख लीजिए। सारे निशाने सध जाएँगे। श्रद्धालु भाषण सुनने के साथ-साथ लाठियों पर अपने शरीर को साध रहे हैं।...याद रखिए। आस्था ही हमारे पन्थ का मूल है। और आस्था का सबसे बड़ा शत्रु है तर्क। इस तर्क से बचना होगा। कैलाश पर्वत आपके ठीक पीछे ही है। इसी कैलाश शिखर से शुरू होनी है आपकी सदेह स्वर्ग-यात्रा। इन लाठियों को साधकर आप अपना कद आम जनता से ऊँचा करेंगे। फिर पीछे की ओर पिछड़ेंगे। जानता हूँ, पीछे की ओर पिछड़ना आगे बढ़ने से ज्यादा कठिन लगेगा। क्योंकि हजारों साल से आपको इसका अभ्यास नहीं कराया

गया है। लेकिन करना पड़ेगा। मजबूरी है। सदेह स्वर्गारोहण पीछे पिछड़ते हुए ही सम्भव है। आँखें आगे की ओर देखेंगी मुझे, अपने मुक्तिदाता को और कदम पीछे की ओर पिछड़ेंगे। जिस रास्ते पर आपको चलना है उसके भविष्य को न देखना पहली शर्त है। अन्यथा आस्था डिग सकती है। जो सामने देखकर फूँक-फूँककर कदम रखने को अभिशप्त हैं, समझिए, स्वर्ग के देवता उन पर मेहरबान नहीं हैं। बेहतर हो, वे इस महाप्रस्थान से अपने को अलग कर लें या प्रज्ञा-शिविर में जाकर आँखों पर पट्टी बँधवा लें। जैसा कि गीता में भगवान कृष्ण ने कहा है—मामेकं शरणं ब्रज। सबको लात मारकर, सबका चूल्हा फोड़कर, मेरी शरण में...तज्यो पिता प्रहलाद विभीषणु बन्धु भरत महतारी...क्या तुम गीता के विरुद्ध जाओगे?

...फिर दृश्य परिवर्तन। हजारों-हजार भगवा वस्त्रधारी लोगों की भीड़ जिसका कद लाठियों के सहारे तीन-चार फिट तक ऊँचा उठ गया है, पंक्तिबद्ध पीछे की ओर पिछड़ती जा रही है। मैं उनके पीछे देखता हूँ। कहाँ है वहाँ कैलाश? वहाँ तो अतल गहराई है। कुहासे की धुंध से ढकी...

यह क्या? रे-रे-रे। गए ए-ए-ए।

पीछे हटती पहली पंक्ति के लोगों के पैर के नीचे की धरती खत्म हुई। अतल गहराई में पलटनिया खाकर निःशब्द गिरते लोग।

मैं चीखता हूँ—रुक जाओ-ओ-ओ।

...और जाग जाता हूँ। रजाई के अन्दर पसीना-पसीना हो गया हूँ। दिल धक-धक कर रहा है।

पत्नी जगकर पूछती हैं, "क्या हुआ? क्यों चीखे?"

"सब मर गए।"

"कौन मर गया?"

मैं चुप रह जाता हूँ।

सवेरे देर तक सोता रहना चाहता हूँ। बच्चों से डर लग रहा है। जगते ही महमूद के बारे में पूछेंगे। वे स्कूल चले जाएँ तभी उठूँ।

लेकिन वे स्कूल नहीं जा रहे हैं। पत्नी बताती हैं जब तक महमूद नहीं आ जाता, वे कुछ खाने-पीने तक को राजी नहीं हैं। उठना ही पड़ेगा। मैं उठकर जल्दी-जल्दी तैयार होता हूँ। थाने पहुँचते-पहुँचते आठ बज जाते हैं।

इस समय थाने का दृश्य काफी जीवन्त है। बाईं तरफ खुदे अखाड़े में कुछ जवान जोर लगा रहे हैं। प्रवेश द्वार के पास लुंगी लपेटकर खड़ा सिपाही दूध देनेवाली बुढ़िया से दूध लेते हुए मजाक कर रहा है। बीच-बीच में वह मुँह की दातून निकालकर थूकता है और शायद बुढ़िया को भैंस का पतला दूध देने के जुर्म में गालियाँ देता है। गालियाँ काफी मोटी और बीभत्स हैं लेकिन बुढ़िया उन्हें कारोबारी ढंग से लेते हुए 'साहेब-साहेब' कर रही है। थाने के बरामदे के बाहर कुर्सियों पर बैठी दोनों महिला सिपाही भी इन गालियों की कोई नोटिस नहीं ले रही हैं, जिनका ध्यानाकर्षण शायद इस लुंगीवाले सिपाही का एक उद्देश्य हो। वे दोनों अपने में ही डूबी हैं और एक-दूसरे को लाड़ में मरदाना गालियाँ देते हुए ऐसा कुछ कर डालने की धमकी दे रही हैं जिसको कर सकना उनके लिए सम्भव ही नहीं है।

बरामदे में पड़ी मुंशी की चौकी भी खाली है। चौकी के नीचे एक सद्यः प्रसूता कुतिया अपने शिशुओं को दूध पिला रही है। गुर्राहट सुनकर उस पर नजर पड़ती है। मैं पीछे हट जाता हूँ। महिला सिपाही बताती है, मुंशी अपनी 'जनाना' को लेकर अस्पताल गया है। थानाध्यक्ष नदी पार गए हैं। रेलवे पुल पर कोई गाय कट गई है। कुछ अराजक तत्त्व उसी की आड़ में 'तनाव' फैलाना चाहते हैं। उसी को 'सब-साइड' करने।

महमूद के बारे में कोई कुछ बताने को तैयार नहीं है। यहाँ तक पता नहीं लग पाता कि वह थाने में है भी या नहीं। मेरे देखते-देखते अपेक्षाकृत पतली सिपाहिनी अपनी दोनों टाँगें उठाकर मेज पर रख देती है। यद्यपि मेज पर पसारने की दृष्टि से उसकी टाँगें काफी छोटी हैं और वह कुर्सी पर लगभग उतान हो गई है। मैं वापस लौटता हूँ। बड़ी उलझन है। कम-से-कम एक बार महमूद के रू-ब-रू तो हो जाता। उसे यकीन तो हो जाता कि मैं उसके लिए परेशान हूँ। सोच रहा होगा कि उसे मार खाने के लिए बेसहारा छोड़कर मैं चैन की नींद सो रहा हूँ। बड़ी देर तक अनिर्णय की स्थिति में पड़ा रहता हूँ। फिर स्कूटर स्टार्ट करता हूँ तो वह अपने-आप पुलिस अधीक्षक के आवास की ओर चल पड़ता है।

कप्तान साहब भी निकल चुके हैं। पता लगता है कि अभी-अभी निकले हैं। नदी पार फैलते तनाव का जायजा लेते हुए दस बजे अमन कमेटी की मीटिंग में भाग लेने जिलाधिकारी के आवास पर पहुँचेंगे। जिले की जनता के सहयोग से दंगों पर काबू पा लिया गया, इसके लिए जिलाधिकारी और पुलिस अधीक्षक महोदय अमन कमेटी के सदस्यों को धन्यवाद देंगे।

जिलाधिकारी-आवास बस्ती से थोड़ा हटकर है, जिला मुख्यालय से तहसील को जानेवाली सड़क पर। आठ-दस एकड़ के अहाते में ऊँचे-ऊँचे पेड़ों से घिरा आवास ऊँघता-सा लगता है। दिन हो या रात, इधर सन्नाटा ही छाया रहता है पर आज कुछ भीड़-भाड़ दिख रही है। सामने तहसील से आनेवाली सड़क पर दृष्टि जाती है। पैदल आदमियों का रेला-सा चला आ रहा है। औरत, मर्द, किशोर भी। मैं एक साइकिलवाले से पूछता हूँ, "क्या बात है?"

"मर्डर हो गया। लाश है।"

लाश! किसकी? मेरे दिमाग में महमूद की शक्ल घूम जाती है। कहीं...

लेकिन वह आदमी उत्तर देने के बजाय साइकिल पर बैठकर चल देता है। स्कूटर प्रवेश द्वार के पास खड़ा करके मैं अन्दर घुसता हूँ। आवास और प्रवेश-द्वार के बीच बाईं तरफ लगभग बीघे-भर का मैदान है। बीच में है एक ऊँचा पुराना बरगद का पेड़। पेड़ के चारों ओर ऊँचा पक्का वृत्ताकार चबूतरा। भीड़ इसी चबूतरे के आसपास केन्द्रित हो रही है।

चबूतरे से आवास का पोर्टिको पचास-साठ गज दूर होगा। इस समय पोर्टिको और बरामदा, जहाँ जिलाधिकारी का अर्दली लाल झब्बा बाँधे फोन और आगन्तुक रजिस्टर के साथ बैठता था—सूना पड़ा है। दो-तीन गाड़ियाँ खड़ी हैं और बरामदे के दाहिने सिरे पर बाहर आर्म्स गार्ड के चार सिपाही बन्दूकें लिये खड़े हैं।

चबूतरे की तरफ आता हूँ। लाश चबूतरे पर रखी है। बाँस की टिकटी में बँधी। कफन से ढकी।

"किसकी लाश है?" मैं चबूतरे पर खड़े कुरता-पैजामा पहने एक नौजवान से पूछता हूँ। वह लाश के साथ ही आया है। धूल-धूसरित और उत्तेजित है।

वह कुछ बोले, तभी हार्न बजाती पुलिस अधीक्षक की कार रेंगती हुई प्रवेश करती है। उसके पीछे दो जीपें भी हैं। नौजवान कूदकर उधर लपकता है।

भीड़ पहले से दुगनी हो गई है। पुलिस की गाड़ियों के प्रवेश के साथ ही प्रवेश द्वार के आसपास जमा भीड़ अन्दर धँसी आ रही है।

थोड़ा पीछे हटकर नीली शर्ट और भूरी पैंट पहने खड़ा एक दाढ़ीवाला आदमी नजर आता है। कुछ असम्पृक्त-सा। मैं उसके पास जाकर पूछता हूँ, "यह किसकी लाश है?"

"आप कौन हैं?" वह प्रतिप्रश्न करता है।

"मैं तो सरकारी मुलाजिम हूँ। जिलाधिकारी से मिलने आया था। भीड़-भाड़ देखकर खड़ा हो गया।"

"यह लाश है लोकगायक पाले की। आसपास के दस-बारह जिलों में इसके गीतों की धूम थी। जहाँ-जहाँ कार्यक्रम होता, दस-बीस हजार की भीड़ इकट्ठा हो जाती थी। उसी का मर्डर हो गया कल।"

अरे, उतना ही धक्का लगता है जितना यह सुनकर लगता कि लाश महमूद की है।

पूछता हूँ, "कैसे हुआ?"

"जबसे मन्दिर-मस्जिद विवाद गहराया, राम भक्तों के पीछे हाथ धोकर पड़ा था। वेदों-पुराणों और रामायण-महाभारत से खोज-खोजकर ऐसे अनर्थकारी किस्से सुनाता कि छोटभैये छोटे-बड़े का लिहाज भूलने लगे थे। इसलिए यह तो होना ही था देर-सवेर।"

"आपका परिचय जान सकता हूँ। मैं समझता था कि जुलूस में आए हैं। मृतक से सहानुभूति रखते होंगे।"

"एकदम नहीं। मैं तो रिपोर्टिंग करने आया हूँ। एक दैनिक अखबार का अपनी तहसील का संवाददाता और एजेंट हूँ। वैसे मेरा धन्धा ईंट-भट्ठे का है। इसके भाषणों के चलते लेबरों की मजदूरी ड्योढ़ी करनी पड़ी थी। फिर भी ससुरे इसके कार्यक्रम की सूचना पाते ही सब कुछ छोड़-छाड़कर भागते थे।"

नारेबाजी शुरू हो गई है।

"पाले भाई-अमर रहे।

पाले भाई-अमर रहे।

हत्यारों को फाँसी दो।"

संवाददाता चबूतरे पर चढ़कर कैमरा एडजस्ट करने लगा है। मैं भी चढ़ जाता हूँ।

बाप रे! इतने लोग! प्रवेश-द्वार से पोर्टिको तक और चबूतरे के इर्द-गिर्द मैदान में कहीं भी खड़े होने की जगह नहीं। लोग अभी आते ही जा रहे हैं। अब भीड़ प्रवेश-द्वार के बाहर जमा हो रही है।

आवास के बाहर खड़े वाहनों को घेरकर आर्म्ड गार्ड और जीपों में आए पुलिस के सिपाही अर्ध-वृत्ताकार खड़े हो गए हैं। सावधान, सन्नद्ध। मैं नीचे उतरकर भीड़ में घुसता हूँ। यह जनवरी का महीना है। रात हवा भी तेज थी। रात बारह-एक बजे के आसपास ही जुलूस चला होगा लेकिन इतनी भीड़ में कम्बल ओढ़कर आए लोग साठ-सत्तर ही होंगे। जर्सी-स्वेटर या कोट-जाकिटवाले लोग भी इसमें अधिक नहीं दिखते। शेष लोगों के शरीर पर सूती कुरता-कमीज, धोती या पैजामे। कान में बँधा सूती अँगोछा। कुछ के पास ही सूती चादरें। अधिकांश नंगे पाँव। धूल घुटनों तक चढ़ गई है। नल पर पानी पीनेवालों में औरतें और किशोर ही अधिक हैं। सूखे मुँह। भूखे चेहरे।

मुझे महमूद का भूखा चेहरा याद आ रहा है, पर ऐसे तनाव भरे माहौल में पुलिस अधीक्षक से कुछ कह सकना तो दूर उनसे मुलाकात हो सकना ही सम्भव नहीं है। स्कूटर भी भीड़-भाड़ में फँसता जा रहा है। मैं उसे बड़ी मुश्किल से निकालकर एक सुरक्षित दूरी पर खड़ा करके लौटता हूँ। एक नौजवान कुछ बता रहा है। मैं भी खड़ा हो जाता हूँ।

"...पाले भाई खरी-खरी कहते थे। यही उनका अपराध था। कल दोपहर बारह बजे से लेकर शाम पाँच बजे तक राजापुर बाजार में उनका कार्यक्रम था। फिर कल ही वहाँ से पाँच कोस दूर जमालपुर में रात में कार्यक्रम देना था। शाम को हम लोग राजापुर से वहीं जा रहे थे। उन्नीस-बीस साइकिलें थीं। करीब सात बजे होंगे जब हम लोग केतकी नदी पर पहुँचे। तय हुआ कि यहाँ दिशा-मैदान से निपटकर आगे बढ़ा जाए। हम लोग अँधेरे में इधर-उधर छिटक गए। थोड़ी देर बाद पाले भाई की आखिरी आवाज आई—पंचो जान गई-ई-ई-ई।

"...सब दौड़े। टॉर्च जलाकर देखा गया—दो-दो हाथ ऊपर कूदती लोथ। फक-फक बहता खून। गला रेत दिया था। पेट, पीठ और सीने पर भी बीसों घाव। जैसे ही निवृत्त होकर उठे, चार-छह कदम ही चले होंगे, अभी धोती की एक लाँग बाँध भी नहीं पाए थे कि हमला हुआ। पहले से ही घात लगाकर बैठे थे लोग। एक-दो लोग बाजार से ही साथ आए होंगे। हम लोग जान नहीं पाए।"

"कोई पकड़ा भी गया?"

"पकड़े गए होते तो उनकी भी लाश न होती साथ में?"

नारे लग रहे हैं—

"जातिवादी दरोगा को मुअत्तल करो।

हत्यारों को फाँसी दो।

पाले भाई अमर रहे।"

माइक पर आवाज उभरती है, "कृपया धैर्य बनाए रखें। जिलाधिकारी महोदय अमर लोक-गायक स्वर्गीय रामपालजी की हत्या पर गहरा दुख व्यक्त करते हैं। हत्यारों को बख्शा नहीं जाएगा। कृपया लाश को पोस्टमार्टम के लिए उपलब्ध कराकर प्रशासन का सहयोग करें।"

"...पुलिस प्रशासन-मुर्दाबाद।

जिलाधिकारी बाहर आओ।"

अनाउंस करनेवाला अधिकारी फिर अन्दर चला जाता है।

सामने खड़ा तेरह-चौदह साल का एक लड़का सबसे बाद में पूरी ताकत से मुर्दाबाद चिल्लाता है। उसके शरीर पर है पटरे की जीर्ण जाँघिया और टूटे बटनवाली आधी बाँह की मटमैली सूती कमीज। काला शरीर और घुड़कती हुई पीली आँखें। दोनों हाथ छाती के आर-पार बाँधकर हथेलियों को काँख के नीचे दबा लिया है। पेड़ की छाया के बीच पड़ रहे धूप के चकत्ते के नीचे बने रहने को प्रयत्नशील। रोयें अभी तक ठंड से खड़े हैं।

"डरै वाला नहीं रहा हमार बेटवा लोगों।" बगल में खड़ी बुढ़िया असामान्य उत्तेजना में आकर कहती है, "धोखे से मारा गया।"

...और फफक उठती है।

"इन्हीं का बेटा था?"

"यह पाले भाई की मौसी है।" महिला बताती है।

"अब इ साहेब लोग का करिहें हो?" बुढ़िया झोलेवाली महिला का कन्धा झकझोरते हुए पूछती है, "हमार बेटवा जियइहैं? दहिजरा के नाती बाहेर काहे नहीं निकरते?"

"तड़-तड़-तड़-धम्

तड़-तड़-तड़-धम्"

अन्धा ढोलकिया बजाते-बजाते ढोल पर लदा जा रहा है।

"झैंयक...झैंयक..."

बरगद के चबूतरे पर ढोल और झाँझर बजने लगी है।

माइक कहाँ पा गए ये लोग?

*हमनी के करिहैं हलाल*
*हाय राम, मन्दिर के पुजरिया*

चबूतरे पर खड़े होकर पाँच-छह लोग गाने-बजाने लगे हैं। और लोग भी ऊपर चढ़कर उनमें शामिल हो रहे हैं।

बाजे की आवाज सुनकर झोलेवाली महिला भी उधर लपकती है। मैं उसका परिचय जानना चाहता था।...चली गई।

*मन्दिर के पुजरिया हो*
*मस्जिद के पुजरिया*
*नून भात करिहैं मोहाल*
*हाय राम, मन्दिर के पुजरिया।*

ढोलक की तड़प और दर्जनों कंठों का स्वर माइक से चारों तरफ फैल रहा है। चबूतरे से कई हाथ नीचे से ऊपर की ओर हिलते हुए भीड़ को गाने में सम्मिलित होने के लिए आमंत्रित कर रहे हैं। रोमांच हो आया है। सारी भीड़ गाने लगी है...

*हमनी के करिहै हलाल*

सचमुच हलाल कर दिया। सरेशाम। खुलेआम।

पुलिस माइक तक पहुँचने का प्रयास कर रही है। प्रदर्शनकारियों तक माइक पहुँच जाना यह अपनी शिकस्त मान रही है। कैसे पहुँचा? पकड़ो। छीनो। लेकिन भीड़ भी अब प्रतिरोध पर उतर रही है। पुलिसवालों को पीछे ठेल रही है।

"यही है। यही है वह गीत, जिसके चलते जान गई इस बीर की।" एक आदमी कहता है, "यही गीत कल राजापुर बाजार में गाया था बहादुर ने।"

जिलाधिकारी महोदय एक हाथ में माइक्रोफोन पकड़कर एक जीप के बोनट पर खड़े हो गए हैं। हाथ हिला-हिलाकर कुछ कह रहे हैं। लेकिन दोनों माइकों और भीड़ के कोरस से निकली ध्वनियाँ इस तरह गड्डमड्ड हो जाती हैं कि कुछ समझ में नहीं आता।

वे कुछ देर असहाय खड़े देखते हैं फिर उतर जाते हैं।

आला अफसर ने निरादर महसूस किया है। अब जरूर कुछ होगा। मैं सशंकित होता हूँ। भीड़ से बाहर निकल आता हूँ। बाहर चारदीवारी की आड़ लेकर धूप में बैठा सत्तर-पचहत्तर साल का एक बूढ़ा बीड़ी पी रहा है। उसके दाहिने कन्धे पर मोड़कर रखी गई पुरानी चीकट रजाई है। रात में इसे ओढ़कर आया होगा। मैं उसके बगल में खड़ा होते हुए पूछता हूँ, "थक गए हैं क्या दादा?"

"हाँ बच्चा। अब चला नहीं जाता। छह-सात कोस जमीन चलनी पड़ी।"

"तो क्यों चले आए? इतने सारे लोग तो थे ही आनेवाले। जवान लोग।"

"कैसे न आता बच्चा। आखिरी सफर था उसका। हम लोगों की आवाज था वह। इलाके का शेर था। हर गाँव में पचीस-पचास आदमी उसके लिए जान देने को तैयार रहते थे। मैंने भी उसे दर्जा पाँच तक पढ़ाया था। चालीस साल की मास्टरी में ऐसी 'धार' वाला लड़का दूसरा नहीं मिला। किसी भी घटना को या किस्से को चुटकी बजाते गाने में ढाल देता था। पढ़ा कम लेकिन 'कढ़ा' बहुत था। तर्क तो ऐसे-ऐसे देता था कि बड़े-बड़े पढ़े-लिखे मात खा जाएँ।"

"जैसे? एकाध बात बताइए न।"

"जैसे पार्टीबाज राम भक्तों के लिए कहता था कि इनकी 'माया' में मत फँसिए। ए 'मारीच' की सन्तान हैं। मारीच ने भी तो राम का नाम लिया था। पर क्या वह राम-भक्त था? उसने तो राम का नाम लेकर खुद राम को ठग लिया था। ऐसे ही 'ठगहार' हैं ये राम भक्त।"

"क्या बात है! और?"

बुढ़ऊ बीड़ी का आखिरी कश खींचते हैं। टोटे को जमीन में रगड़कर बुझाते हैं। खाँसकर थूकते हैं। दम भरते हैं। फिर कहते हैं, "कहता था ऐसे राम-राज्य से भगवान बचाए जिसमें ब्राह्मण के फलने-फूलने के लिए शूद्र का सिर काटा जाना अनिवार्य होता है।"

"पुलिस, पुलिस। इतनी पुलिस।" हमारे सिर के बगल चारदीवारी पर चढ़कर खड़ा लड़का सिहरकर कहता है। मैं उधर देखता हूँ। पी.ए.सी. के सात-आठ ट्रक एक साथ आए हैं। बन्दूकधारी जवान बाहर कूद रहे हैं और भीड़ के चारों तरफ फैल रहे हैं। सिर पर लोहे के काले टोप।

ट्रकों के पीछे है घुड़सवार पुलिस। सवारों के हाथ में लम्बे-लम्बे डंडे और पीठ पर लोहे की जाली जैसी कोई चीज।

एक औरत कहती है, "मारने आए हैं, तो मारें। गोली मार दें सबको और अकेले फैलकर राज करें। मरने ही तो आए हैं हम यहाँ।"

टूटे बटनवाला लड़का कमर से जाँघिया को मोड़कर छिपाई गई गिट्टी निकालता है और औरत को दिखाते हुए कहता, "हमैं मरिहें तो हमहूँ मारब।"

फिर कमर की ओर इशारा करके पाँचों उँगलियाँ फैलाता है, "पाँच ठो बा।"

घुड़सवार पुलिस भीड़ के बीच से रास्ता बनाती हुई आवास की ओर बढ़ रही है।

चारदीवारी के पीछे अमरूद की एक डाल टूटकर गिरती है। तीन लड़के नीचे गिर जाते हैं।...सारे अमरूद के पेड़ों पर जुलूस में आए भूखे लड़के लदे हैं। कुछ सयाने भी। कुछ बेर के पेड़ पर कच्ची बेर खोज रहे हैं।

अचानक नारेबाजी तेज हो जाती है।

चारदीवारी पर खड़ा लड़का कहता है, "ऊ देखा। पाले काका का..."

मैं भी उत्सुकता में चारदीवारी का सहारा लेकर स्कूटर की सीट पर खड़ा हो जाता हूँ।...पाले के शव को तिख्ती से खोल लिया गया है। और कन्धों के नीचे से रस्सी डालकर बरगद की डाल से लटका दिया गया है। चबूतरे पर खड़े लोगों के सिर से हाथ भर ऊपर झूलता शव का सिर। बाप रे! सचमुच कपड़े खून से सराबोर। सिर के बाल तक खून से सने। गला आधा कटा हुआ। एक आँख में भी चाकू लगा है। आँखें बाहर निकल आई हैं।

रस्सी के सहारे लटकी लाश धीरे-धीरे घूम रही है।

लोग उचक-उचककर देख रहे हैं।

माइक पर मोटी और तेज आवाज में चेतावनी उभरती है, "आप लोगों को दस मिनट का समय दिया जाता है। दस मिनट में लाश सौंपकर परिसर खाली कर दें, वरना..."

उत्तर में प्रदर्शनकारियों के माइक से आवाज उभरती है, "हमारा प्रदर्शन शान्तिपूर्ण है। मुख्यमंत्री को बुलाया जाए। मुख्यमंत्री से नीचे किसी आदमी को लाश नहीं सौंपी जाएगी।"

घुड़सवार पुलिस के आठ-दस सिपाही तीन तरफ से चबूतरे की ओर बढ़ रहे हैं। पी.ए.सी. के जवानों ने प्रदर्शनकारियों को चारों तरफ से घेरे में ले लिया है। एक निडर आवाज शान्त हो गई है।

अब यहाँ रुकने का कोई अर्थ नहीं।

मैं स्कूटर स्टार्ट करता हूँ।

दस से ऊपर हो रहे हैं।

कहाँ चलूँ? कुछ सोच नहीं पाता। लेकिन मेरा स्कूटर एक बार फिर थाने की ओर चला जा रहा है।

अरे, थाना तो इतनी देर में पुलिस छावनी में बदल चुका है। खाकी वर्दियाँ पाँच-सात पुलिस और पी.ए.सी. के ट्रक। पाँच-छह जीपें। परिसर से सौ गज पहले ही सड़क पर बेरिकेटिंग करके रास्ता रोक दिया गया है। सिपाही वाहनों को वापस लौटा रहे हैं। मैं स्कूटर खड़ा करके एक सबइंस्पेक्टर को सहमत करना चाहता हूँ, "मेरा इंस्पेक्टर से मिलना बहुत जरूरी है।"

वह अनसुनी करता है और उसका साथी धमकाता है, "सीधे-सीधे भागते हो या..."

वह बुरा-सा मुँह बनाता है। उसके हाथ में छोटा-सा रूल लगातार नाच रहा है।

मन मारकर लौटता हूँ। अगले चौराहे पर एक चाय की दुकान पर रुकता हूँ। एक कप चाय पीने की इच्छा हो रही है।

स्कूटर खड़ा करते ही कोई कहता है, "नमस्ते अंकल।"

देखता हूँ—पांडेजी जज साहब का बड़ा लड़का है यह तो। उसने स्कूटर बगल में रोक लिया है।

"नमस्ते नमस्ते। कहिए भाई, कहाँ से?"

"पापाजी को कचेहरी छोड़कर लौट रहा हूँ, अंकल।"

इस तनाव की घड़ी में भी मेरे चेहरे पर मुस्कुराहट आ जाती है। कई प्रयासों के बावजूद पांडेयजी स्कूटर चलाना नहीं सीख सके। रिक्शे से चलते हैं या लड़के उन्हें छोड़ने जाते हैं। कहता हूँ, "एक दिन पापाजी को जबरदस्ती सीट पर बैठाओ और ठेल दो। अपने आप सीख जाएँगे।"

लड़का हँसते हुए आगे बढ़ जाता है।

पांडेयजी अतिरिक्त जिला एवं सत्र न्यायाधीश के अतिरिक्त जाने-माने शायर भी हैं। हद हो गई। मैं चाय पीते हुए अपने-आपको कोसने लगता हूँ। कल शाम को उनकी याद क्यों नहीं आई? मेरे साथ हमेशा यही होता है। सही समय पर सही उपाय कभी नहीं सूझता। जूडिसियरी की पुलिस पर अच्छी पकड़ रहती है। यह तो उनके लिए कोई बड़ा काम भी नहीं था। पांडेयजी से अच्छी जान-पहचान है। मिलनसार और हँसमुख आदमी हैं। कल शाम मिला होता तो अब तक शायद समस्या हल हो चुकी होती।

मैं स्कूटर कचेहरी की ओर दौड़ाता हूँ।

पांडेयजी अपने विश्राम कक्ष में ही हैं। दंड-प्रणाम के बाद बिना किसी भूमिका के अपनी परेशानी बताता हूँ। पांडेयजी कई सवाल करते हैं। फिर आश्वस्त करते हैं, "घबराने की कोई बात नहीं। कोई 'अफेंस' ही नहीं बनता तो एफ.आई.आर. कैसे दर्ज होगी?"

"तो क्यों पकड़कर ले गई पुलिस?"

"गुमशुदगी दर्ज की होगी, याददाश्त डायरी में। पूछताछ के लिए ले गई होगी।"

"लेकिन मार-पीट रहे हैं। जान निकाल रहे हैं। जब 'अफेंस' ही नहीं बनता तो मार-पीट..."

"अरे भाई।" मुँह के पान को जीभ से एक किनारे करके वे कहते हैं, "रास्ता चलते कुत्ता काट लेता है, बिच्छू डंक मार देता है तो क्या कुत्ते-बिच्छू के यहाँ भुक्तभोगियों के खिलाफ कोई एफ.आई.आर. दर्ज रहती है।"

वे हँसते हैं। लाल-लाल शालीन हँसी।

लेकिन मुझे हँसी नहीं आती। वे समझ जाते हैं। चाय मँगाकर पिलाते हैं फिर कहते हैं, "आइए मेरे साथ।"

मुझे लेकर वे चीफ जुडिसियल मजिस्ट्रेट के कक्ष में आते हैं। उन्हें नए सिरे से सब कुछ बताया जाता है। सी.जे.एम. साहब कहते हैं, "लंच में एस.ओ. को बुलवा लेते हैं, बात हो जाएगी।"

वहाँ से निकलकर जज साहब कहते हैं, "जाइए निश्चिंत रहिए। छूट जाना चाहिए।"

लंच दो बजे होता है। अभी साढ़े बारह बजे हैं। तीन कप चाय के अलावा पेट में अभी कुछ नहीं गया है। लेकिन केवल आश्वासन के भरोसे वापस नहीं लौटना चाहता। पता नहीं एस.ओ. बुलाने पर आता भी है कि नहीं? एक ओर उतना बड़ा प्रदर्शन हो रहा है दूसरी ओर गाय कट गई है।

थोड़ा संकोच के साथ पूछता हूँ, "हम लोग खुद ही क्यों न चलें थाने तक। तुरन्त काम हो जाएगा।"

"नहीं।" वे मुस्कुराते हैं, "हम लोगों को थाने में जाने से बचना चाहिए।"

"क्यों?"

"हर क्यों का जवाब नहीं होता।"

इस पंक्ति की तुक वे एक रस-सिक्त पंक्ति से मिलाते हैं। फिर पूछते हैं, "कैसी रही?" लम्बा ठहाका।

मैं मुस्कुरा भी नहीं पाता। बुझे स्वर में कहता हूँ, "बहुत खूब।"

वे कहते हैं, "जाने की बात भूलिए। आप बहुत 'हर्ट' हैं। आपको अपनी ताजा गजल सुनाता हूँ।"

सुनाने के पहले वे फिर चाय मँगाते हैं।

देर तक—शायद एक जुग तक-वे अपनी गजल या नज्म सुनाते रहते हैं और मुझसे दाद माँगते रहते हैं। मैं देता रहता हूँ।

जो कुछ उन्होंने सुनाया वह गजल थी या नज्म, कह नहीं सकता, क्योंकि अभी तक मुझे दोनों में फर्क करने की तमीज नहीं आ पाई है। शुद्ध रूप से नौकरी करता हूँ और सिर्फ इतना जानता हूँ कि जो जल्दी खतम हो जाए वह शेर होता है, जो देर में खतम होती है गजल होती है और जो खत्म होने को न आए वह नज्म होती है। इस परिभाषा के अनुसार जज साहब ने गजल सुनाई थी जो मुझे नज्म जैसी लगी थी। जज साहब ने लगभग घंटे भर जो कुछ सुनाया और जिसे मैंने अत्यन्त

बेचैनी के साथ पहलू बदल-बदलकर सुना, उसका भावार्थ यह था कि उनकी जान (जानकारी) में आ जाए कि उनकी जान को उनकी 'जान' चाहिए तो वे सहर्ष अपनी जान अपनी 'जान' के कदमों में कुर्बान कर देंगे।

निश्चय ही यह जान का बवाल अभी खत्म न होता अगर उनके पेशकार ने आकर बड़े अदब से गर्दन और कमर झुकाकर अर्ज न किया होता कि एक बहस का सुना जाना निहायत जरूरी है।

पांडेय साहब मुझे बैठे रहने के लिए कहकर बहस सुनने चले जाते हैं। मैं घड़ी देखता हूँ। डेढ़ बज रहे हैं। भूख जोरों की लग गई है। मैं पिछले दरवाजे से बाहर निकल आता हूँ। एक ठेले से आधा दर्जन केले खरीदता हूँ। पाँच केले पेट में डालकर और एक भिखमंगे लड़के के हाथ पर रखकर वापस आ जाता हूँ। केले खाते हुए महमूद की याद आती है। वह कल से ही भूखा होगा। प्रदर्शनकारियों की याद आती है। उन लोगों पर न जाने क्या बीत रही होगी।

रह-रहकर बेचैनी होने लगती है। ऐसा न हो, कल की तरह आज भी निष्फल ही लौटना पड़े। मुझे अपने-आप पर सन्देह होने लगता है। मेरी जगह कोई दूसरा होता तो निश्चय ही अब तक इस समस्या को कब का हल कर चुका होता। मुझे अपने प्रयास से सन्तोष क्यों नहीं हो रहा है? घड़ी देख-देखकर बैठा ऊब रहा हूँ।

जज साहब बहस से तीन बजे फुरसत पाते हैं। अभी एस.ओ. नहीं आया। वे लंच की सामग्री मँगवाते हैं। भुने हुए चने, नमक-मिर्च, अमरूद, केले और चाय। फिर किसी को बुलाकर सहेजते हैं, "एस.ओ. कोतवाली को बुलवाया था, जरा पता कराइए, क्या हुआ?"

लंच करते, बल्कि वास्तव में एस.ओ. का इन्तजार करते-करते चार बज जाते हैं।

चार बजे वह आता है। एक कड़ा 'सैल्यूट' जज साहब को मारता है। फर्श हिल जाती है।

"माफ करें सर।" वह बैठते हुए कहता है, "थोड़ी देर हो गई। कई प्रॉब्लम एक साथ आ गईं आज। हुक्म करें सर।"

जज साहब मेरा परिचय देते हैं। वह मुझे नमस्कार करता है। जज साहब बताते हैं कि मैं उनका कितना अभिन्न हूँ। वह मुझे प्रशंसा के भाव से देखता है। बार-बार देखता है।

मैं संक्षेप में फिर पूरा घटनाक्रम बयान करता हूँ।

एस.ओ. कहता है, "आप तो ऐसा काम कर रहे हैं जो अपने को कौम का बड़े-से-बड़ा खिदमतगार कहलानेवाला भी नहीं कर पाता। कौमी एकता, यकजहती का—इससे बढ़कर दूसरा उदाहरण और क्या हो सकता है?"

फिर जज साहब को सम्बोधित करते हुए, आवाज को फुसफुसाहट में बदलकर कहता है, "वही 'हाफ' वालों की नौटंकी है हुजूर। बच्चे को कहीं छिपा दिया है और उसी की आड़ में 'टेंसन' फैलाना चाहते हैं। हलके के दरोगा ने रात में पूछताछ करके तसल्ली कर ली है। लौंडे के पेट से पित्त तक निकाल लिया लेकिन कुछ हासिल नहीं हुआ। सब झूठी कहानी। वह लौंडा तो एकदम गऊ है।"

"तो जनाब, उसे छोड़ क्यों नहीं रहे हैं? मेरे घरवालों का उसके बिना बुरा हाल है। बच्चे खाना तक नहीं खा रहे हैं।"

"ऐसा है, अभी साढ़े चार बजे हैं। जरा तनावग्रस्त क्षेत्र की गश्त लगाने जा रहा हूँ—नदी पार। वहाँ से लौटकर डी. एम. साहब के रेजिडेंस की तरफ जाऊँगा। फिर थाने पहुँचूँगा, करीब दो घंटे बाद। बस पहुँचा और छोड़ा। लेकिन आप ऐसा करिए कि लौंडे को कुछ दिन के लिए यहाँ से हटा दीजिए।...नहीं, आपको मजबूर नहीं कर रहा हूँ लेकिन बढ़ते हुए तनाव को देखते हुए...लौंडे के छूटते ही वे लोग कोई नया बखेड़ा खड़ा कर सकते हैं। आपके आदर्शवाद के चलते कहीं...फिलहाल उसे दफा करके फुरसत कीजिए।"

मैं उसके इस सुझाव का विरोध करना चाहता हूँ, पर चुप लगा जाता हूँ। पहले छूटे तो।

वह अपनी कैप उठाकर खड़ा हो जाता है।

"तो मैं सात बजे आता हूँ।"

"जी हाँ।...नहीं। आपके आने की जरूरत नहीं है। हुजूर ने कह दिया, बहुत है। मैं खुद पहुँचवा दूँगा। किसी सिपाही के साथ भेज दूँगा।"

मुझसे हाथ मिलाकर, जज साहब को सैल्यूट दागकर विश्राम कक्ष की फर्श को एक बार फिर दहलाकर एस.ओ. बाहर निकल जाता है।

जज साहब मुझे आश्वस्त करते हैं, "जाइए। निश्चिंत हो जाइए। आप बहुत तनाव में हैं। बेमतलब।"

मैं उन्हें धन्यवाद देता हूँ। कष्ट के लिए क्षमा माँगता हूँ और नमस्कार करके बाहर आ जाता हूँ।

अरे, यहाँ क्या हो रहा है?

शास्त्रीजी के घर से लेकर क्लब के मैदान तक काफी चहल-पहल है। डेढ़-दो सौ आदमी। मैदान में एक मंच बन गया है। माइक लग गया है। पेट्रोमेक्स जलाए जा रहे हैं। दरी-जाजिम आ रहा है।

मैं क्लब के गेट पर स्कूटर रोक लेता हूँ। शास्त्रीजी मंच के पास इधर से उधर लपकते दिख रहे हैं। मैं शंकित होता हूँ। महमूद छूट न पाए, इसके लिए दबाव बनाने का षड्यंत्र तो नहीं रच रहे हैं ये लोग? मेरी अब तक की मेहनत पर पानी फेरने का इन्तजाम!

अचानक एक नौजवान उछलकर मंच पर चढ़ता है और माइक में मुँह सटाकर चिल्लाता है, "जश्न मनाओ-ओ...ओ...घी के दीप जलाओ—ओ...ओ...कि हमने शम्बूक-बध कर दिया-आ-आ...हा-हा-हा-हा!"

"चुप-चुप-चुप।" दूसरा आदमी लपककर उससे माइक छीन लेता है, "खुले मंच से ऐसी घोषणा! दिमाग खराब है? हर काम घोषणा करने के लिए होता है?"

वह भी भूल गया है कि अभी माइक ऑफ नहीं हुआ है।

दो लड़के मंच पर चढ़कर नाचने लगते हैं। एक कुछ गाने लगा है। लेकिन अब तक माइक ऑफ हो चुका है।

तो पाले की हत्या का जश्न मनाने के लिए हो रहा है यह जलसा! यही लोग हैं इस हत्या के पीछे? लानत है!

मेरा मुँह कड़ुवाहट से भर जाता है।

मैं आगे बढ़ जाता हूँ।

पाँच से अधिक हो रहे हैं। घर पहुँचकर चारपाई पर पड़ जाता हूँ। एक ओर एक कमजोर निरपराधी कठघरे के अन्दर है। दूसरी ओर सहजोर अपराधी खुलेआम अपराध का जश्न मना रहे हैं। सिर दर्द से फटा जा रहा है।

एक बेबुनियाद और सरासर झूठे इल्जाम के चलते कल से दौड़ रहा हूँ—निष्फल। इस समय भी सिर्फ आश्वासन लेकर लौटा हूँ। एक निर्दोष की ग्यारह नम्बर टेकनीक से धुलाई हो रही है और कोई सुननेवाला नहीं। पता नहीं यह ग्यारह

नम्बर टेकनीक क्या है और इसका भुक्तभोगी के शरीर पर क्या नतीजा निकलता होगा? एस.ओ. कह रहा था—'लड़के के पेट से पित्त तक निकाल लिया है।' पेट का पित्त बाहर निकालने की प्रक्रिया कितनी त्रासद होती होगी।

अपनी माँ के पीछे-पीछे बच्चे भी अन्दर आते हैं दबे पाँव। मैं फिर खाली हाथ लौटा हूँ। उनकी आँखों में असंख्य सवाल हैं। वे समझ रहे हैं कि मैं काफी परेशान होकर लौटा हूँ लेकिन वे समाधान भी चाहते हैं।

मैं एक बार में ही सबके सवालों का जवाब देता हूँ, "अभी दो घंटे के अन्दर छूट जाएगा महमूद। सारी बात हो गई है। बस दो घंटे और।"

लेकिन बच्चे सन्तुष्ट नहीं दिखते। हिलते तक नहीं। बेटा कहता है, "आप झूठ बोल रहे हैं पापा।"

"क्यों? झूठ क्यों बोलूँगा जी।" फिर पत्नी से कहता हूँ, "कुछ खाने को हो तो लाओ। फिर एक ट्रैंक्कुलाइजर। और कोई शोर न हो। असह्य सिर-दर्द है। सोना चाहता हूँ।"

पत्नी झट खाना-पानी लाती हैं। मैं हाथ-मुँह धोकर खाने लगता हूँ। पत्नी एक कुर्सी खींचकर बैठ जाती हैं और धीरे से पूछती हैं, "आप सच बोल रहे हैं?"

"क्या मतलब?"

"मोहल्ले में तो हल्ला है कि महमूद का चालान हो गया है। जेल भेज दिया गया। खून की उल्टी कर रहा था।"

"कौन कह रहा था?"

"शास्त्रीजी के घर से ही खबर उड़ी है।"

"झूठ है।" मैं गुस्से से कहता हूँ।

लेकिन मुझसे आगे खाया नहीं जाता। मैं हाथ धोकर कम्बल से मुँह ढक लेता हूँ। अन्दर-ही-अन्दर हिल जाता हूँ। पुलिसवालों का कोई भरोसा नहीं। अपने बाप से भी झूठ बोल सकते हैं। अपनी औलाद को भी धोखा दे सकते हैं। इसीलिए तो मुझे थाने आने से मना नहीं कर गया? हे भगवान! कहीं यह बात सच ही न हो?

अब ट्रैंक्कुलाइजर क्या असर करेगा?

कम्बल के नीचे से मुझे लगता है, बच्चे एक-दूसरे की आँखों में आँखें डालकर किसी नतीजे पर पहुँचना चाहते हैं। मौन।

पिताजी की ऊँची आवाज यहाँ तक आ रही है। वे बच्चों से जानना चाहते महमूद छूटकर आया कि नहीं?

कोई उन्हें जवाब नहीं दे रहा है।

अन्ततः पत्नी उन्हें बरामदे से वापस उनकी कोठरी में ले जाती हैं। क्या कहकर सन्तुष्ट किया है—राम जाने।

थोड़ी देर बाद मैं पत्नी से कहता हूँ, "बाहर निकलकर दरवाजा बन्द कर दो। मुझे कुछ देर अकेला पड़ा रहने दो।"

पत्नी दरवाजा बन्द करके धीरे से बाहर निकल जाती हैं।

बड़ी देर बाद वे दबे पाँव चाय का कप लेकर आती हैं। धीरे से पूछती हैं, "सोते हैं या जग रहे हैं?"

मैं रजाई से मुँह बाहर निकालता हूँ।

घड़ी देखता हूँ। सात बजे हैं। एक-डेढ़ घंटे के लिए नींद आ गई थी। कुछ ताजगी लग रही है। उठकर बैठ जाता हूँ। चाय पीते हुए सोचता हूँ—एस.ओ. ने झूठ नहीं बोला होगा तो आधे घंटे के अन्दर महमूद को आ जाना चाहिए। उठकर गाय की सानी-पानी में लग जाता हूँ।

साढ़े सात बज गए। महमूद नहीं आया।

साढ़े आठ बज गए। नहीं आया।

अब मेरी बेचैनी बढ़ जाती है। कपड़े बदलकर निकलता हूँ। क्लब के मैदान में भीड़ बढ़ गई है। पेट्रोमैक्स और बिजली की भारी रोशनी हो गई है। किसी का भाषण चल रहा है। मैं अपेक्षाकृत अँधेरे में स्कूटर रोककर सुनने का प्रयास करता हूँ—

"आज का दिन हम लोगों के लिए काला दिन है। एक उन्मादी की हत्या के अपराध में हमारे तीन जुझारू कार्यकर्ताओं को गिरफ्तार किया गया है। बिना किसी सबूत, बिना किसी चश्मदीद गवाही के। रात के अँधेरे में हुई हत्या के लिए राजनीतिक बदले की भावना से लिखाई गई यह रिपोर्ट लोकतंत्र का गला घोंटने की, न्याय के मुँह पर कालिख पोतने की कार्यवाही है। इस मुख्यमंत्री..." बीच-बीच में माइक ऑफ हो जाता है, "हेलो...हेलो...संकट की इस घड़ी में...हमने भी वास्तविकता की जाँच कराई है। हकीकत यह है कि इस हत्याकांड के पीछे सेक्स की प्रतिद्वन्द्विता है। एक औरत के लिए एक ही गुट की आपसी लड़ाई में हुई इस

हत्या को राजनीतिक रंग दिया जा रहा है। हम इसका पर्दाफाश करेंगे...संकट की इस घड़ी में...एक लाख कार्यकर्ताओं की हमारी यह सभा..."

कैसी घिनौनी शक्ल दे रहे हैं ये लोग इस हत्याकांड को। कान में उँगली डाल लेने का मन हो रहा है। और एक लाख! मैदान में मुश्किल से हजार-डेढ़ हजार लोग होंगे।

मैं आगे बढ़ जाता हूँ।

मुझे कल रात कही गई शास्त्रीजी की बात याद आती है—मेरा आदमी होगा तो मैं उसे खुद थाने पहुँचाकर आऊँगा।

जिलाधिकारी-आवास और थाने को मिलानेवाली सड़कों के तिराहे पर कुछ जूते-चप्पल बिखरे हैं। थोड़ा आगे बढ़ने पर बाईं पटरी पर फूटी ढोल भी पड़ी नजर आती है। साथ में चुनरी का एक फटा टुकड़ा।

रुकता हूँ। एक आदमी से पूछता हूँ, "यह सब क्या है?"

"यहाँ दुबारा लाठीचार्ज हुआ था। बल-भर पीटा पुलिसवालों ने। नजारा देखना हो तो जरा अस्पताल तक घूम आइए।"

मैं आगे बढ़ते हुए शंकित होता हूँ—अन्धा ढोलकिया भी यहीं कहीं टूटी-फूटी हालत में न पड़ा मिल जाए।

दिन में थाने के सामने लगाई गई बैरिकेटिंग हटाई जा चुकी है। एस.ओ. थाने पर ही मिल जाता है। देखते ही उठकर खड़ा होता है। बताता है, "छोड़ दिया। सात बजे ही। शहर की मुस्लिम कमेटी के पदाधिकारी आए थे। पचास-साठ लोग। उजरदारी लगाने कि शहर का साम्प्रदायिक माहौल फिर खराब हो रहा है। महमूद को उन लोगों की हिफाजत में दे दिया जाए। महमूद भी राजी था, तो मैंने सौंप दिया।"

मुझे राहत मिलती है। पूछता हूँ, "कहाँ ले गए होंगे?"

"बड़ी मस्जिद में देख लीजिए।" फिर आवाज को तनिक धीमी करके कहता है, "शुक्र है इस समय वे लोग अपनी ही दाढ़ी में लगी आग बुझाने में परेशान हैं, वरना लड़के को छोड़ना मुझे कितना महँगा पड़ता—यह मैं ही जान सकता हूँ।"

मैं लौट पड़ता हूँ। अब क्या जल्दी है। अपने लोगों के बीच, उनकी हिफाजत में पहुँच गया तो क्या खतरा? सवेरे तक लिवा लाएँगे।

लेकिन यह इत्मीनान टिकाऊ नहीं रहता। एक तो महमूद को देखे बगैर पत्नी और बच्चों को उसके छूट जाने का यकीन नहीं होगा। वे उसे सचमुच जेल गया हुआ मान लेंगे। दूसरे खुद मेरे मन से भी सन्देह का बीज पूरी तरह निकल नहीं पा रहा है। ये पुलिसवाले...। कहीं सचमुच झाँसा न दे रहे हों। सचमुच महमूद जेल में ही न हो। अपनी आँखों से देखना जरूरी है।

लेकिन बड़ी मस्जिद की ओर बढ़ते हुए, नदी के पुल पर आकर मेरे पैर अचानक ब्रेक लगा देते हैं। साढ़े नौ बज रहे हैं। बड़ी मस्जिद मुस्लिम-बहुल क्षेत्र के बीचोबीच है। इस समय वहाँ मुसलमानों का अच्छा-खासा जमावड़ा होगा। महमूद उन्हें थाने में मिली यातना के बारे में बता रहा होगा। हो सकता है वे उत्तेजित हों। भीड़ की मानसिकता का पूर्वानुमान कठिन होता है।

अपने कार्यालय के बड़े बाबू नवाब अली की याद आती है। यहीं पुल पार उनका घर है। उन्हें साथ ले लेना ठीक रहेगा। उनके पास सफेद लम्बी दाढ़ी भी है।

बड़े बाबू मचिया पर बैठे बोरसी की आग ताप रहे थे। देखते ही आवभगत में लग जाते हैं। मैं उन्हें आने का उद्देश्य बताता हूँ।

वे कहते हैं, "हुजूर! थाने से छूट गया, इतना ही काफी है। खाना वहाँ मिल ही गया होगा। मैं सवेरे जाकर लिवा लाऊँगा। इतनी रात में आप क्यों तकलीफ करेंगे?"

"नहीं बड़े बाबू। मैं एक बार अपनी आँखों से उसे देखकर तसल्ली कर लेना चाहता हूँ कि वह सही-सलामत है।"

बड़ी मस्जिद की सीढ़ियों पर, आसपास की पान-चाय की दुकानों, बिरयानी और खिचड़ा बेचनेवाले ठेलों के इर्द-गिर्द, अंडे और लॉटरी के स्टाल पर अन्दर के बड़े अहाते में, जिधर देखिए, टोपियाँ ही टोपियाँ, लुंगियाँ ही लुंगियाँ। हजार-बारह सौ की भीड़। इतनी रात गए इतनी भीड़! पहले भी इधर से गुजरना हुआ है। सुबह हो या शाम, यहाँ हमेशा ही भीड़ नजर आई है। छोटी-छोटी चाय की दुकानों के सामने पड़ी बेंचों पर लुंगी लपेटे आलथी-पालथी मारे पान चबाते, चाय पीते, अखबार पढ़ते लोग। घर से भी ज्यादा बेतकल्लुफ। मैं अकसर सोचता हूँ कि इन लोगों के पास कोई काम नहीं होता क्या?

लेकिन आज की भीड़ में कुछ खास बात है। इतनी भीड़ के बावजूद गजब का सन्नाटा है। किसी हादसे के पूर्व का सन्नाटा। लगता है किसी भी समय पथराव

या नारेबाजी शुरू हो सकती है। हवा में व्याप्त गन्ध बताती है कि फिर कर्फ्यू लगने की नौबत आ सकती है।

स्कूटर खड़ा करते हुए सोचता हूँ मैं अन्दर से इतना घबड़ाया हुआ क्यों हूँ? हमारी ओर किसी का ध्यान नहीं है फिर भी लगता है, टाँगों में हल्का-हल्का कम्पन हो रहा है।

बड़े बाबू कहते हैं, "यहीं रुकिए। मैं पता करके आता हूँ।"

अकेले खड़े-खड़े लगता है, दूर खड़े लोग कनखी से मुझे ही घूर रहे हैं। बड़े बाबू लौटकर बताते हैं, "लड़का सामने बड़े मियाँ के बैठकखाने में है। आइए।"

सामने के मकान की पाँच-छह सीढ़ियाँ चढ़कर हम लोग एक बड़े हॉलनुमा कमरे में आते हैं। कई ट्यूब लाइट्स जल रही हैं। फर्श पर लम्बी-चौड़ी दरी बिछी है। सामने मसनद और सफेद गावतकिए। बीच में कम्बल ओढ़कर एक सफेद लम्बी दाढ़ीवाले बुजुर्ग बैठे हैं। उनके इर्द-गिर्द तीन-चार लोग। पचास-साठ लोग दरी पर बैठे हैं। महमूद मसनद की ओर मुँह किए दरी के अगले हिस्से में बैठा है। एक नौजवान उससे कुछ पूछ रहा है। दूसरा जल्दी-जल्दी लिख रहा है।

हम दोनों भी जाकर बैठ जाते हैं।

"एक हिन्दू के घर में रहते हुए तुझे कैसा लगता था?"

यह महमूद की जिन्दगी का शायद पहला ही इंटरव्यू है। वह ज्यादातर हाँ, या ना में ही जवाब देने का आदी रहा है। यह प्रश्न उसे संकट में डाल देता है। "कोई दिक्कत?"

महमूद इनकार में सिर हिलाता है।

सफेद कुरता-पैजामा पहने एक नेता टाइप मोटा आदमी लाल शाल ओढ़कर एक किनारे बैठा है। महमूद के इनकार ने शायद उसे निराश कर दिया है। वह जोर से बोलता है, "इससे पूछो, क्या दुनिया के सारे मुसलमान मर गए थे जो एक हिन्दू के घर में इतने दिन झाड़ू लगाता रहा?" कहने के साथ मोटा उठता है और बाहर निकल जाता है। उसकी मोटी दाढ़ी, चेचक के दागों से भरा माथा और लाल आँखें याद रह जाती हैं।

पूछताछ देर तक चलती है। खत्म होती है तो भीड़ काफी छँट जाती है। अब मैं बड़े बाबू के साथ आगे आ जाता हूँ।

महमूद के चेहरे पर वीरानी है। मुझ पर नजर पड़ते ही उसकी आँखें बरसने लगती हैं।

"रोओ नहीं, रोओ नहीं।" मैं पुचकारता हूँ।

लोग मुझे देखने लगते हैं।

बड़े बाबू बड़े मियाँ से बताते हैं, "आप ही के घर रहता है, महमूद। साहब इसे लेने थाने गए थे। पता चला, यहाँ आया है तो यहाँ आए हैं।"

बगल में बैठा एक नौजवान मुझे आँखों से देखते हुए सवाल दागता है, "कहाँ ले जाएँगे? इसकी सलामती की गारंटी कौन लेगा?"

"जब तक हम सलामत हैं, यह भी रहेगा भाई।"

"खाक रहेगा" वह हल्ला मचाता है, "थाने भेजवाकर खाल खिंचवा लिया और कहते हैं सलामत रहेगा? सलामती की चिन्ता होती तो थाने में जिबह होने के लिए छोड़ देते? हम लोग मुखालिफत न करते, थाने का घेराव न करते तो दो दिन बाद इसकी लाश ही बरामद होती।"

यह जानकर कि महमूद का 'हिन्दू' उसे लेने आया है, भीड़ उमड़ पड़ती है। थोड़ी देर पहले उठकर गया लाल शाल वाला छेनहा मोटा तेजी से अन्दर आता है और मेरी तरफ बढ़ते हुए चिल्लाता है, "अब यह तेरी 'मेम' का 'लूगा' धोने नहीं जाएगा, समझा। तेरी हिम्मत कैसे पड़ी यहाँ घुसने की?"

उसके साथ पन्द्रह-बीस लोगों की भीड़।

मैं भीड़ से घिर जाता हूँ।

कुछ लोग 'नहीं-नहीं' करते बचाव में दौड़ते हैं।

ठीक उसी समय बिजली चली जाती है।

घुप्प अन्धकार!

सिर तथा कन्धे पर पड़ती चोट।

सहसा एक तेज प्रहार पेट पर।

दर्द से ऐंठ जाता हूँ।

चाकू?

नीचे झुकने का प्रयास करता हूँ। चश्मा गिर जाता है। दाहिने हाथ से पेट टटोलता हूँ। नहीं, गीला-गीला तो नहीं लगता। किसी ने नुकीला घूँसा मारा होगा।

कुछ लोग मुझे खींचकर कोने में ले जाते हैं। फिर बगल की कोटरी में बन्द करके कुंडी लगा देते हैं।

दिल 'धाड़-धाड़' कर रहा है। बाहर ही न आ जाए।

मैं जँगले से बाहर झाँकता हूँ।

एक मोमबत्ती जलती है। फिर दूसरी। तीसरी।

हिलती हुई परछाइयाँ। लगता है भूतों के डेरे में आ गया हूँ।

असभ्य। जंगली साले। कहीं मार ही न डालें।

"लौंडे को बुतपरस्ती सिखाता है साला।" एक स्वर उभरता है, "इसको पता नहीं कि इस्लाम में बुतपरस्ती कुफ्र है।"

कुछ लोग उत्तेजित लोगों को शान्त कर रहे हैं। समझा रहे हैं। कुछ को बाहर निकल जाने का हुक्म दे रहे हैं।

फिर दूसरे कोने में देर तक विचार-विमर्श होता है।

महमूद का स्वीकृति में हिलता सिर दिखाई देता है।

बड़े मियाँ बड़े बाबू के साथ कोठरी के दरवाजे तक आते हैं। कुंडी खोलते हैं।

"माफ कीजिएगा। कुछ सिरफिरों के चलते आपको दिक्कत हुई। आइए।"

मैं बाहर निकलता हूँ।

वे कहते हैं, "लेने आए हैं तो जरूर ले जाइए। लेकिन कागज पर पावती लेकर, पाँच लोगों की गवाही-जामिनी के बाद सौंपा है दरोगा ने। अगर इसको घर में रखने से कोई खतरा हो तो यहाँ पड़े रहने दीजिए। हालात सुधरने पर ले जाइएगा।"

"ऐसी कोई बात नहीं। और खतरा भी होगा तो पहले हमें होगा। पुलिस की बात दूसरी थी।"

"ठीक है। ले जाइए।"

सीढ़ियाँ उतरते हुए देखता हूँ, लाल शाल वाला छेनहा मोटा किनारे खड़ा वक्र दृष्टि से घूर रहा है। लगता है उसकी शाल के नीचे खुले फालवाला चाकू है जो मेरी पसलियों का इन्तजार कर रहा है।

शरीर में झुरझुरी दौड़ जाती है। तेज चाल से स्कूटर के पास आ जाता हूँ। मुड़कर देखता हूँ—महमूद को सीढ़ियाँ उतरने में कठिनाई हो रही है। पैर फैलाकर चल रहा है।

पास आने पर पूछता हूँ, "सैंडिल हाथ में क्यों ले रखा है?"

"तलुओं पर डंडे की मार पड़ी है।" वह बताता है, "पैर सूज गए हैं। सैंडिल में समा नहीं रहे हैं।"

बड़े बाबू कहते हैं, "हुजूर, आप इसको लेकर चलिए। मैं रिक्शे से आ जाऊँगा।"

"नहीं-नहीं।" मैं दृढ़ता से कहता हूँ, "मुहल्ले के बाहर तक साथ-साथ चलिए। स्कूटर पर तीनों लोग आराम से बैठ लेंगे।"

बाहर आकर जान-में-जान आती है।

बड़े बाबू से पूछता हूँ, "वह लाल शाल वाला छेनहा मोटा कौन था?" "उसे नहीं पहचाना? वही तो है, 'काला पहाड़'।"

काला पहाड़! सुनकर रोयें पर्रा जाते हैं। काला पहाड़ का नाम किसने नहीं सुना होगा यहाँ? लेकिन रू-ब-रू देखने का मौका आज ही लगा। कहते हैं मलियाना हत्याकांड का बदला चुकाने के लिए सन् '87 वाले दंगे में इसने अकेले ही सत्रह लोगों को काटा था। एक दिन में। बल्कि कुछ घंटों में। इसके शागिर्दों की संख्या सैकड़ों में है। ऐसे शागिर्द जो एक इशारे पर कटने-काटने को तैयार रहते हैं।

सचमुच मौत के मुँह से सही-सलामत बाहर आ रहा हूँ।

बड़े बाबू को उनके घर छोड़कर नदी के पुल पर आता हूँ तो ठंडी हवा का झोंका खाकर गले पर हाथ जाता है। कमीज का बटन टूटा हुआ है। किसी ने कॉलर भी पकड़कर खींचा था क्या?

लम्बे पुल का सन्नाटा! तेज सर्द हवा।

पूरब में चाँद निकल आया है।

हँसिए जैसा वक्र चन्द्र।

चश्मा न होने से सब कुछ धुँधला-धुँधला लग रहा है।

मैं मुड़कर महमूद से कहता हूँ, "मस्जिदवाली कोई बात घर पर मत बताना।"

पुलिस और प्रशासन की गाड़ियाँ साँय-साँय करती इधर से उधर दौड़ रही हैं।

गेट के अन्दर घुसते ही झबुआ महमूद की गन्ध पहचान लेता है। कूँ-कूँ करते आगे-पीछे घूमने लगता है। रह-रहकर उसे सूँघता है। मुँह ऊपर उठाकर हवा में लम्बी हूँक छोड़ता है। शायद सूँघकर ही वह सब कुछ जान गया है।

आज पत्नी-बच्चे, सभी जगे हुए हैं।

पत्नी महमूद को अँकवार में भरती हैं तो वह बिलख उठता है। बच्चे उसके शरीर पर चोट का निशान ढूँढ़ने लगे हैं। पिताजी निकल आए हैं। उसके सिर पर हाथ फेरने लगे हैं।

महमूद नजरें नीचे किए पीढ़े पर बैठा चाय पीता है और आँसू पोंछता है।... उसे खिलाने के बाद पत्नी उसकी देह में लगाने के लिए हल्दी-तेल गरम करती हैं।

मैं बुरी तरह थक गया हूँ। खाते ही सो जाता हूँ। हल्दी-तेल लगाते हुए पत्नी देर तक उससे थाने में हुई पूछताछ और मार-पीट के बारे में पूछती रहती हैं। बच्चे उसे घेरकर सुनते रहते हैं।

...थाने ले जाते ही, बल्कि रास्ते में ही उसकी पिटाई शुरू हो गई थी।

...थाने के पिछवाड़े एक अलग कोठरी ही है—धुलाई-पिटाई की। काल कोठरी। बिना खिड़की-रोशनदान वाली। दो-चार लोग हमेशा ही बँधे पड़े रहते हैं।

...ले जाते ही उलटा लटका दिए थे। आँखों में खून उतर आया था।

...लटकाकर उतारने के बाद पिलास से सिर के बाल दो-तीन जगह से उखाड़ लिए थे—भस्स! भस्स! जान निकल गई थी।

...एक मुच्छड़ सिपाही है। बड़ा जल्लाद। ग्यारह नम्बर की धुलाई वही करता है। जिस दिन कोई पिटाई के लिए न मिले, शाम का खाना नहीं खाता।

...सारे कपड़े उतरवाकर पत्थर की मोटी शिला पर औंधे मुँह लेटाया जाता है। हाथ-पैर चारों तरफ खूँटे से बाँध देते हैं। ठंड से खड़े रोयें। ऊपर से एक बाल्टी पानी। पानी में भिगोया गया कैनवस का ग्यारह नम्बर का जूता चूतड़ पर पड़ता है तो चिनगारी निकलती है। चमड़ी से चिपक जाता है। खींचने पर चर्र चर्र करता साथ-साथ चमड़ी भी उधेड़ लाता है। यही आवाज निकलती है कि या अल्लाह! इससे अच्छा है, मौत दे दे।

पूछताछ हलके के दरोगा ने की थी।

"क्यों जाता था शास्त्री के घर?"

"कौन भेजता था गमला भरने, फूल लगाने?"

"उसके पोते को स्कूटर पर क्यों लाता था?"

"जरूर कोई लौंडिया होगी उसके घर में। साले, सच-सच उगल दे नहीं तो बधिया कर दूँगा।"

"कहाँ छिपाया है लड़के को? कौन-कौन था साथ में? सीधे-सीधे उगल दो बेटा नहीं तो सँड़सी से नाखून बाहर खींच लेंगे।"

उसी हालत में रात-भर के लिए छोड़ दिया था।

पत्नी अगले दिन सब बताती हैं।

सवेरे बच्चों को छोड़ने मैं चला जाता हूँ। महमूद देर तक अपनी कोठरी में सोता रहता है।

दोपहर में ऑफिस से स्कूल होता हुआ बच्चों को लेकर लौटता हूँ तो देखता हूँ, महमूद बाहर धूप में गाय के पास चारपाई बिछाए नंगे बदन औंधे मुँह पड़ा है। शायद सो गया है। गाय उसके सिर के बालों को बड़े मनोयोग से चाट रही है। चाटते-चाटते रुकती है। कुछ सूँघती है। पीठ पर बैठे कौए के लिए पूँछ उठाती है। कान हिलाती है। और फिर चाटने लगती है। कौआ पूँछ के आसपास की किलनियाँ निकाल रहा है। बछड़े का मुँह महमूद के पैताने तक पहुँच रहा है। वह उसके तलुवे में अपना थूथुन रगड़ रहा है। हम लोगों ने तो गाय को कुछ बताया नहीं। उसने महमूद के दुख को कैसे जाना? कैसे उसे सांत्वना देने की जरूरत समझी? राम जाने।

झबुआ महमूद की चारपाई के नीचे लेटा है।

खाना खाकर मैं ऑफिस लौट जाता हूँ।

शाम को लौटने पर चाय पीते समय पत्नी बताती हैं, "महमूद घर जाना चाहता है।"

"क्यों?"

"कहता था मेरे चलते आप लोगों को परेशानी हुई। आगे भी होगी, मेरा जाना ही ठीक है।"

"परेशानी तो हम लोगों के चलते उस बेचारे को हुई।"

पत्नी कुछ देर चुप रहती हैं फिर कहती हैं, "एक तरह से ठीक ही है। कुछ दिनों के लिए हट जाएगा तो मामला ठंडा हो जाएगा। तब तक अगर शास्त्रीजी के पोते का पता लग गया तो सारी बात ही खत्म हो जाएगी। तब चिट्ठी डालकर बुला लेंगे।"

"तुम समझती नहीं हो। उसके अभी जाने का मतलब है हम लोग हार गए। शास्त्रीजी की नीचता की जीत हो गई। आखिर हम लोग तो अच्छी तरह जानते हैं कि शास्त्रीजी के पोते के गायब होने से इसका कोई वास्ता नहीं है।"

"वह बहुत डरा हुआ है। फिर हम हमेशा के लिए थोड़े जाने देंगे।"

"कहाँ है वह? मैं उससे बात करूँगा।"

"अभी तो नाई का लड़का और दो और लोग मिलकर उसे हकीम साहब के यहाँ दवा पिलाने ले गए हैं। अन्दर कहीं खून जमा होगा तो फट जाएगा।"

खाली कप पत्नी को थमाकर मैं लेट जाता हूँ। मस्तिष्क में असम्बद्ध से बिम्ब उभरने लगे हैं...

...पाँच-छह साल का एक काला बच्चा। काली गुदगुदी देह। माघ-पूस के महीने में भी निपट दिगम्बर। कमर में बँधी काले धागे की करधनी और उसमें लपटता लाल फुदना। हँसते समय दिखती सफेद दंत-पंक्ति। वह अली था। मेरा हमउम्र। उसके माँ-बाप हर साल जाड़े में भैंस की पीठ पर गुदरी लादे आते और मेरे घर के सामने वाली महुआरी (महुए के बाग) में डेरा डालते। हम दोनों दिन-भर जाड़े की कुनकुनी धूप में खेलते और कुश्ती लड़ते। कुश्ती में मेरी पीठ लगाए छाती पर बैठा अली। आज इस समय पैंतीस-चालीस साल बाद क्यों याद आ रहा है?

...याद आ रहा है अबुल हसन। प्राइमरी का सहपाठी।

मेरे घर से मील भर दूर था उसका टोला। दोनों आधे रास्ते तक साथ-ही-साथ स्कूल से लौटते। एक दिन लौटते हुए उसने अपनी समस्या बताई थी। गाँव का पियक्कड़ खोखन सिंह बाजार के दिन धुत होकर देर रात गए लौटता और हसन के टोले की ओर जा निकलता। हसन की बेवा माँ को तंग करने। तब हम लोग पाँच में पढ़ते थे और तंग करने का मतलब अपनी जरूरत भर को समझने लगे थे। ...तब हसन की पुकार पर उसके साथ खोखन सिंह के पेट में हँसिया घोंपने के लिए आधी रात तक पगडंडी की सरपताही में बैठा रह गया था।

...एक था पकड़ी गाँव का किंगिरिहा। किंगीरी (सारंगी का लघु रूप) बजाकर भीख माँगनेवाला। नन्हे घुँघरुओं की झुनुक और किंगीरी के बारीक दर्दीले सुर के साथ 'सीता वनवास' गाते हुए रुला देता। सुनकर लगता—लवकुश की जगह मैं ही निकला हूँ भीख माँगने। मेरी ही माँ पीछे से हिदायत दे रही है—राम की ड्योढ़ी पर भीख माँगने मत जाना बेटा। मैं माँ की चोरी मौनी भर धान पिछवाड़े ले जाकर उसकी झोली में डाल देता और टोले के सभी दरवाजों पर पीछे-पीछे जाता—आगे की कथा सुनने के लिए। सफेद दाढ़ी। चमकती आँखों और मुस्कुराते गेहुँए चेहरेवाला नूरा किंगिरिहा। कह सकता हूँ कि पहली बार राम कथा से मेरा आत्मीय परिचय करानेवाला वही था।

मेरी राम कथा का प्रथम गुरु—नूरे।

...ये कब के बिछड़े लोग। लगता है आज तक बगलगीर थे। अभी-अभी इन्होंने अपनी गठरियाँ उठाई हैं, लाठी में टाँगकर कन्धे पर रखा है और मन की अन्तहीन पगडंडी पर चलते हुए बहुत दूर चले जा रहे हैं।

महमूद चला जा रहा है।

मेरे रोकने के तर्क को उसने अपने निहायत मामूली तर्क से काट दिया है। कल सवेरे तक वह थाने से नहीं छूटा तो नाई के लड़के ने उसके घर तार मार दिया। अब अगर वह फौरन घर नहीं पहुँचता तो उसके अब्बा-अम्मी घबरा जाएँगे। रोना-पीटना मच जाएगा। भागे चले आएँगे। नाहक सारा घर हलाकान हो जाएगा।

पत्नी कहती हैं, "हाल-समाचार ले-देकर दस-बारह दिन में लौट आना।" महमूद कुछ बोलता नहीं। सिर्फ सिर हिलाता है।

यह झूठ है। मेरा मन कहता है, अब वह लौटने के लिए नहीं जा रहा है। अँधेरा घना लग रहा है।

महमूद अपना बैग भर रहा है।

महमूद अपनी चप्पल झाड़ रहा है।

अपने छोटे भाई के लिए उसने कभी घर का पुराना टेप रिकॉर्डर माँगा था।

अपनी छोटी बहन के लिए मझली लड़की के फ्राक जैसा एक फ्राक लाने के लिए कहा था।

बेटे की पुरानी तिपहिया साइकिल की मरम्मत कराकर महीनों पहले रख लिया था। घर जाने पर अपने भतीजे को देने के लिए।

पत्नी उसे टेप रिकॉर्डर दे रही हैं। फ्राक दे रही हैं। साइकिल दे रही हैं।

लेकिन वह लेता नहीं। कहता है, "क्या होगा?"

पत्नी जोर देती हैं, "रख लो, रख लो।"

वह कहता है, "रहने दीजिए। जाने दीजिए।"

पत्नी ने उसका हिसाब किया है। गिनकर कुछ रुपये दिए हैं। वह बिना उन्हें देखे, पैंट की जेब में डाल लेता है।

मैं कुछ बोलने के लिए पूछता हूँ, "बस कितने बजे है?"

उत्तर पत्नी देती हैं, "रात दस बजे। सवेरे सीधे इसके दरवाजे पर उतारेगी।"

मैं महमूद से कहता हूँ, "स्कूटर निकालो। बस अड्डे तक छोड़ आऊँगा।"

फिर पत्नी ही बोलती हैं, "इसका दोस्त नाई का लड़का आया है, अपने एक साथी के साथ। वही दोनों छोड़ने जा रहे हैं।"

"कहाँ हैं?"

"महमूद की कोठरी में बैठे हैं।"

मैं रोमांचित हो जाता हूँ। सचमुच क्या निहायत गाढ़े दिनों में अपने ही काम आते हैं? अपना कौन है? पराया कौन? आज तक हम इसके 'अपने' थे। आज पराए हो रहे हैं। वे लड़के कल तक 'पराए' थे। आज ज़ाते-जाते सगे हो गए हैं।

बेटा शाम से ही, जब से उसे पता चला है, जिद कर रहा है, "महमूद भाईजान को मत जाने दीजिए मम्मी। महमूद भाईजान को रोक लीजिए। पापा।"

महमूद भाईजान...।

लेकिन कोई रोकता नहीं।

कोई रुकता नहीं।

बेटे का रोते-रोते बुरा हाल है।

खाना नहीं खा सका महमूद। पत्नी ने पराँठा-सब्जी बाँधकर उसके बैग में डाल दिया है। वह पिताजी के कमरे में जाता है और सलाम करके तेजी से लौट आता है। किसी सवाल-जवाब का मौका नहीं देता।

वह सामान बरामदे में लाता है। हम लोग बरामदे में निकल आए हैं। शायद महमूद ने एहतियातन बरामदे का बल्ब बुझा दिया है। जाने की जानकारी पड़ोस में न हो। रास्ते में शास्त्रीजी कोई टंटा न खड़ा कर दें। बगल में गाय के पास जल रहे बल्ब का हल्का प्रकाश आ रहा है।

दोनों लड़के साइकिल लिये खड़े हैं।

महमूद अपना बैग और झोले साइकिलों पर टाँगता है। फिर सबको बारी-बारी सलाम करता है।

"हमारी गलतियों को माफ कर देना मम्मी।"

पत्नी उसके आँसू पोंछते हुए फफक पड़ती हैं।

वह मुझसे कुछ नहीं कहता। मैं उससे कुछ नहीं कहता। मैं उसे छाती से लगाना चाहता हूँ लेकिन...। हमारी आँखें आपस में मिलती हैं और झुक जाती हैं।

बेटा अपनी तिपहिया साइकिल उठाए आता है और साइकिल के हैंडिल से टाँग देता है।

महमूद उसे उठाकर गले से लगाता है, "गुड्डू भाईजान। आओ 'अलविदा' कर लें।"

बेटा रोने लगता है।

चल पड़े लोग। हम लोग लौट पड़ते हैं।

मुड़-मुड़कर क्या देखती हो?

द्वार बन्द।

चला गया महमूद।

सभी रो रहे हैं।

पिताजी अपने कमरे से आवाज लगा रहे हैं, "महमूद से कहो, मेरी 'आसनी' दे जाए।"

मैं अपने कमरे में आकर बिस्तर पर गिर पड़ता हूँ।

याद आता है, महमूद पत्नी से अकसर दिखनेवाले एक सपने का जिक्र करता था कि वह किसी बहुत बड़े साहब का अर्दली बन गया है। सफेद अचकन। कमर-पट्टा। चपरास और लाल झब्बा।

सिसकियों की आवाज बाहर से भी आती लग रही है।

मैं खिड़की का पल्ला आहिस्ते से खोलता हूँ।

महमूद गाय के गले से लगा सिसक रहा है।

उसके पीछे झबुआ पूँछ गिराए खड़ा है।

पास बँधा बछड़ा कुछ न समझते हुए भी उठकर खड़ा हो गया है और अपनी बड़ी-बड़ी पानीदार आँखें निकालकर मानो पूछ रहा है—क्या हुआ महमूद भाईजान को?

मैं धीरे से पल्ला बन्द कर देता हूँ।

लगता है महमूद के साथ ही हमारी युगों-युगों से संचित सहिष्णुता, उदारता और विश्वबन्धुत्व की पूँजी आज इस घर को हमेशा-हमेशा के लिए अलविदा करके जा रही है।

और अन्त में कुछ अवान्तर सूचनाएँ—

महमूद के 'अपने घर' जाने के तीसरे दिन शास्त्रीजी का पोता सकुशल लौट आया है।

खुद शास्त्रीजी के घर से लीक हुई खबर के अनुसार लड़का ननिहाल में था लेकिन शास्त्रीजी से पूछने पर कि कहाँ था? कैसे मिला? कहते हैं—जानें श्रीराम।

तीसरे दिन ही एक चिट्ठी भी मिली है—महमूद के अब्बा ने लिखा है महमूद के नाम। लिखा है कि दंगे में इक्का और घर जला दिया गया। घोड़ी 'वे' लोग जबरन हाँक ले गए। पचीसों घर हिन्दुओं के बीच दो घर मुसलमान। जान का खतरा पैदा हो गया था। हम लोग लखनऊ भाग आए हैं। अभी कोई पक्का 'ठीहा' नहीं मिला। मिलते ही दर-मोकाम लिखेंगे।

तब किस घर ग़या होगा महमूद? कहीं नियति को यही तो मंजूर नहीं कि वह किसी-न-किसी 'काला पहाड़' की शागिर्दी करे?

शास्त्रीजी के तीनों गमलों में डहेलिया गहगहाकर खिले हैं—लाल सुर्ख।...